十津川警部 哀しみの吾妻《あがつま》線

西村京太郎

祥伝社文庫

目次

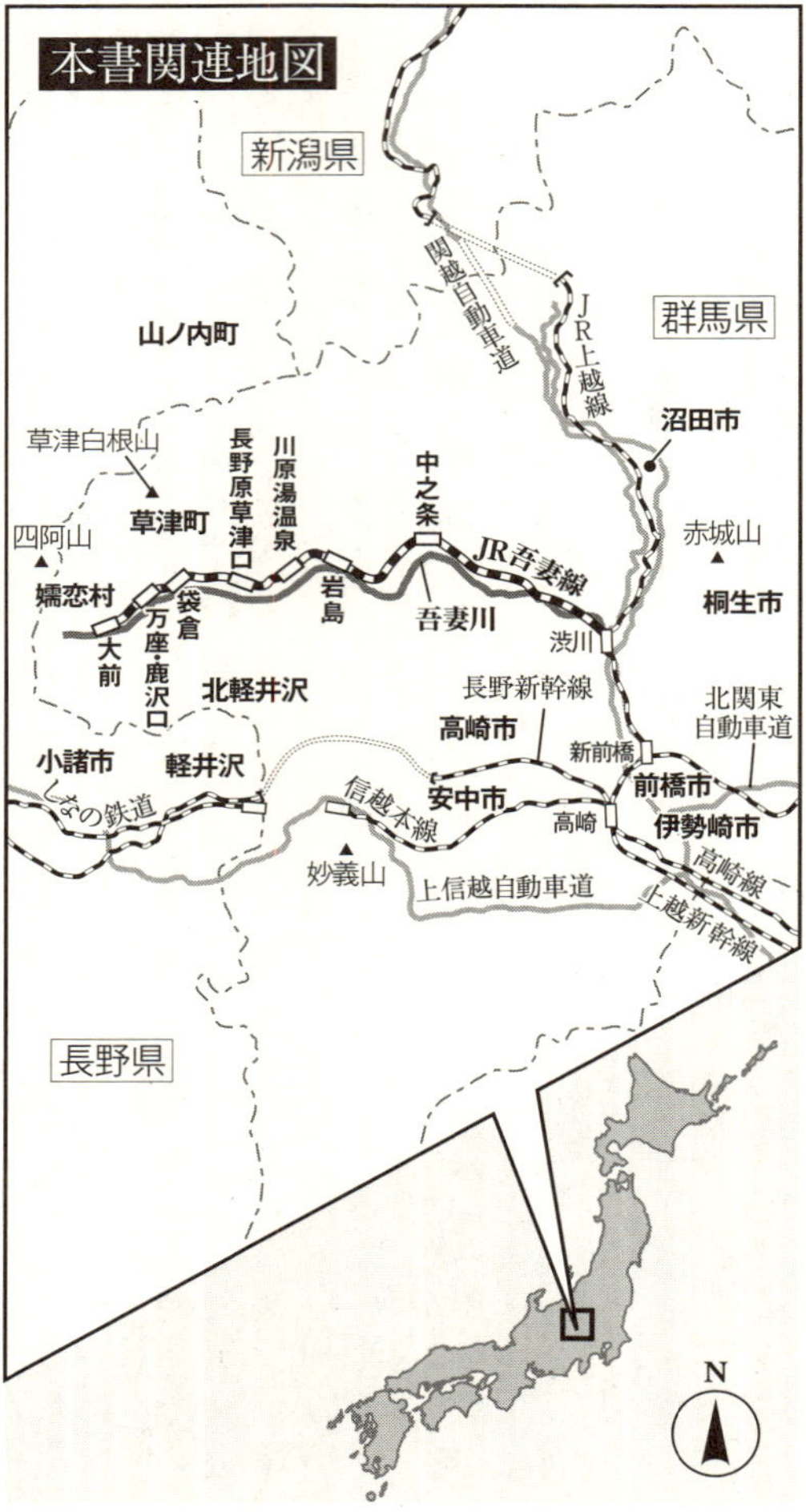
本書関連地図
新潟県
関越自動車道
JR上越線
群馬県
山ノ内町
沼田市
草津白根山
長野原草津口
川原湯温泉
中之条
四阿山
草津町
赤城山
JR吾妻線
嬬恋村
袋倉
岩島
吾妻川
桐生市
大前
万座・鹿沢口
渋川
北軽井沢
長野新幹線
北関東自動車道
高崎市
新前橋
小諸市
軽井沢
前橋市
しなの鉄道
安中市
信越本線
高崎
伊勢崎市
妙義山
高崎線
上信越自動車道
上越新幹線
長野県
N

第一章　三つの事件

1

　五月二十四日夜、台東区《たいとう》の隅田《すみだ》公園の中で、殺人事件が発生した。公衆トイレの近くで男性の死体が発見されたのである。

　警視庁捜査一課の十津川《とつがわ》班が、現場に向かった。

　公園内には、街灯があるが、それだけでは明るさが足りず、照光機が用意された。

　まばゆいばかりの、明かりの中に浮かび上がったのは、背広姿で、仰向《あおむ》けに倒れている中年の男の姿だった。

　検視官が、十津川に向かって、

「銃で、正面から、二発撃《う》たれている。かなりの至近距離から、撃っているね。心臓付近に命中しているから、おそらく、即死だろう」

若い刑事が、死んでいる男の、背広のポケットを探していたが、

「財布の他に運転免許証と身分証明書がありました」

十津川は、それを受けとって、

「ホトケさんの名前は、磯村圭吾《いそむらけいご》、四十歳だ。上野《うえの》の、城山《しろやま》法律事務所に所属している弁護士だ。住所は、上野の、不忍池《しのばずのいけ》近くのマンションになっている」

と、亀井《かめい》刑事に、いった。

「銃が使われたということは、暴力団が、絡《から》んでいるんでしょうか？」

「いや、上野や、浅草《あさくさ》の周辺で、最近、暴力団同士の、抗争は起きていないし、暴力団絡みの犯罪も、起きていない。だから、違うような気がするね」

十津川が、いった。

死体は、司法解剖のために、大学病院に送られ、浅草警察署に、捜査本部が、置かれた。

その日のうちに、若い西本《にしもと》と日下《くさか》の二人の刑事を上野公園の近くにある、被害者の自宅マンションに走らせた。もし、被害者に家族がいたら、知らせる必要があるからである。

運転免許証にあった、マンションに着いた西本と日下は、管理人に警察手帳を示して、

八〇二号室を開けてもらい、被害者の部屋に入った。管理人が部屋の主について話してくれた。

「磯村さんは、もう、長いこと、こちらに、お住まいになっておられますが、今もお一人ですよ。奥さんは、いらっしゃらないし、女性が訪ねてくることもありませんでしたね」

２ＤＫの部屋は、中年の男一人が、住んでいた部屋にしては、きちんと、整理整頓《せいとん》され、掃除が行き届いている。

部屋の壁には、山の写真が、何枚か、飾られている。額に入った写真には、それぞれ「榛名山《はるなさん》（春）」、「白根山《しらねさん》（秋）」、「浅間山《あさまやま》（夏）」と、字が入っていた。

「磯村さんは、山歩きが、好きだったんですか？」

西本が、管理人に、きいた。

「さあ、その辺は、詳《くわ》しくは知りませんが、山の写真を、よく撮《と》っていたみたいで、特に、榛名山が、好きだということを、聞いたことがあります」

と、管理人が、いう。

被害者の磯村が、山に興味があったことも、捜査に参考になるが、刑事としては、弁護士の磯村が、現在どんな事件を扱っていたのかが、気になってくる。

西本が、机の上にあった、パソコンを調べてみると、どうやら、池袋《いけぶくろ》で起きた詐欺《さぎ》事件を、担当していたらしいことが、分かった。

さらに、部屋の中を詳しく調べていくと、奥の六畳間には、ベッドが置かれているので、寝室として使っていたらしい。驚いたことに、壁にかかっていた山の写真の額を、どかすと、そこには、隠し金庫があり、中から二千万円の金額が記入された定期預金の通帳が、見つかった。

2

翌日、十津川は、亀井刑事を連れて、被害者が働いていた、城山法律事務所に向かった。

所長の城山聡《さとし》、六十歳に会って、殺された磯村弁護士のことを聞いた。

「磯村君は、大変優秀な弁護士でしたよ。四十歳という、いちばん、脂《あぶら》の乗り切ったところでしたからね。うちの事務所の、エースになれる男だっただけに、惜《お》しいですよ。うちにとっても、大損害です。それにしても、磯村君が、どうして、殺されたのか、私にもわけが分かりません」

城山が、いった。

「実は、磯村弁護士が、至近距離から、銃で撃たれているので、暴力団絡みの、犯行ではないかという刑事もいるんですが、その点は、どうなんですか？」

十津川が、きいた。

「いや、それは、考えられませんね。今までに、磯村君が、担当した事件で、暴力団が絡んだ事件は、一つも、ありませんから」

「現在、磯村さんは、民事で、詐欺事件を扱っていると、聞いたんですが？」

「ええ、そうです。しかし、その事件にも、暴力団は、絡んでいませんよ」

その詐欺事件について城山所長が話してくれた。

斉藤《さいとう》製薬という、漢方の薬を専門に作っている会社がある。そこが今回、末期ガンに効《き》くという万能薬を、開発したと発表した。

「どこで、調べたのかはよく分かりませんが、斉藤製薬は、末期ガンで余命いくばくもないという金持ちの老人を、探し出しては、直接、自分たちが開発した、ガンの万能薬を、売り込んだんです。そのかたわら、出資も募《つの》って相手をだます。その話に引っかかって、一千万円近い金額を、むしり取られた松田《まつだ》さんという夫妻がいましてね。その夫妻が、斉藤製薬を、告訴したんです。磯村君は、その事案を、担当していました」

「それで、裁判には、勝てそうだったんですか？」

亀井が、きく。

「じっくり調べれば、斉藤製薬という会社の作ったガンの万能薬というのは、インチキに決まっていますからね。間違いなく、勝てると思いますね。ですから、私も、磯村君も、来月中に結審して、松田夫妻がつぎ込んだ一千万円は、必ず戻ってくると楽観していました」

「その、漢方薬を作っている斉藤製薬というのは、どこにあるんですか?」

「飛騨高山《ひだたかやま》です。高山には、今でも、昔ながらの漢方薬を、扱っている会社がいくつかあるそうですが、この斉藤製薬という会社には、以前から、クエスチョンマークがついていたようです」

「なるほど。よく、分かりました。ところで、磯村弁護士は、結婚してなかったようですね?」

「ええ、独身です。私が聞いたところでは、何年か前に、同棲《どうせい》生活をしていた女性を病気で亡くしたそうです。その後は、いくら、勧《すす》められても、結婚は、しばらく考えたくないと、断わり続けていたそうです。亡くなった彼女は、磯村君にとって、この上ない女性だったんじゃありませんかね? だから、彼は、亡くなった彼女の思い出を、大事にしておきたいと思って、結婚はしなかったんだと、思いますね」

と、城山所長が、いった。

3

捜査本部に戻った十津川が、斉藤製薬のことを調べるため、飛騨高山に、行ってみることを決め、その準備を、しているところに、城山弁護士から、電話が入った。

「これから、飛騨高山に、行かれるそうですね？」

「そのつもりです。磯村弁護士が関わっていた、斉藤製薬というのは、いったい、どういう会社なのかを、調べてみたくなったんです」

「実は、こちらでも、磯村君が亡くなったので、念のため、斉藤製薬に、電話をかけてみたのですよ。そうしたら、突然、経営者も、従業員も、飛騨高山の町から、逃げ出してしまったそうです。行き先は、分からないと、地元の警察では、いっています」

と、城山所長が、いった。

十津川は、城山所長の話に、驚かされたが、それでも、亀井と予定通り、飛騨高山に行くことにした。

名古屋《なごや》から、高山本線に乗る。ほぼ一年ぶりの、飛騨高山だった。

飛騨高山は、一年前も、若い観光客で賑《にぎ》わっていたが、今日はウィークデイなのに、若い女性を中心に、観光客の姿が、目立った。

高山で降りると、二人は、まっすぐ高山警察署に向かい、署長に会うと、斉藤製薬のことを聞いた。

「斉藤製薬という会社は、前々からマークしていたんですが、一昨日《おととい》、突然、社長と幹部が一緒に姿を消してしまいました。あの会社の社長も幹部も、もともと地元高山の人間じゃないんです。高山には、今でも漢方薬を扱う薬局が何軒かあるので、そこに眼をつけて、ここにやって来たんでしょうが、高山で漢方薬を扱っている店は、どこも歴史のあるちゃんとした薬局ですから、斉藤製薬の作った薬は、まだ信用できないといって、扱っていないんじゃないかな。地元で漢方が好きな人たちも、昔からの製薬会社のものしか使いませんしね。今回、詐欺容疑で訴えられて、いよいよ信用を失ったので、いきなり、行方をくらませてしまったんだと思いますね。いってみれば、夜逃げのようなものですよ。逮捕できなかったのは、残念ですが、もともと他所者《よそもの》だったので、いなくなって、ほっとしてもいるんですよ」

と、署長が、いう。

「斉藤製薬は、どういう人間がやっていたんですか？」

「夫婦者と従業員が、五、六人ですかね。全員が、大阪から来たと、いっていましたね。それで現在、大阪府警にも、問い合わせているところです。詐欺事件で訴えられていますからね。もし、見つけたら、われわれとしても、きちんと、取り調べをしたいと、思っています。ただ、今のところ、どこに逃げたか、行方《ゆくえ》は、全く、分かっておりません」

署長は、斉藤製薬のあった場所に、パトカーで、案内してくれた。そこは、市内を流れる川の川岸だった。

大きな倉庫と、それに、隣り合わせた五階建ての雑居ビル、この二つを借りて、斉藤夫妻は、五、六人の、従業員を使って、漢方薬と称するものを作っていたと署長がいう。

「斉藤製薬が作った薬は、売れたんですか？」

「それがボロ儲《もう》けをしたといわれているんです。だから、インチキ漢方薬を作っていながら、三年間も、営業してこられたんでしょうね」

「しかし、地元の薬局は、用心して、斉藤製薬のものは、扱わなかったんでしょう？」

「だから、通信販売です。宣伝が巧《たく》みでした。前にも、あの会社は、末期ガンに効くという漢方薬を売ったことがあるんですよ。その時は、彼等の背後に、資産家の軍師がついていたとかで、有名タレントを、どんどん宣伝に使い、東洋医学の権威といわれる大学教授まで動員しての宣伝で、医者から見放された患者や、その家族から、郵送で、金を送らせ、大儲けをしたそうです。確か、一年半ほど前のことですよ」

「大学教授まで宣伝に使ったんですか？」

「その先生に、私は、会っているんですよ。だまされて使われたといってましたが、あれは嘘《うそ》ですね。金で動いたんですよ。自分からテレビに出て、斉藤製薬の宣伝をしたんだから」

「今回は、失敗したんですね？」

「前のような軍師がいなかったのか、金をケチったのか」

と、いって、署長は、笑った。

十津川たちは、署長の案内で、工場の中に入っていった。中は、乱雑を極《きわ》めていた。丸《がん》薬《やく》を製造する機械は、そのままだったし、出来あがった丸薬は、大きな袋に入って、隅《すみ》に放置され、それが破れて、床に流れ出ている。

宣伝ポスターが、まるめて、捨てられている。十津川のよく知っているタレント夫婦のポスターである。

北原峻一郎《きたはらしゆんいちろう》
三原圭子《みはらけいこ》

という夫婦のタレントである。どちらも六十歳過ぎで、北原のほうは、漢方のおかげで、末期ガンが治ったと、テレビで話しているのを、十津川は、聞いたことがある。今もたしか夫婦で健康食品のコマーシャルに出ていたはずである。

「これは、一年半前に使った宣伝ポスターの残りですよ」

と、署長がいった。

「今回は、ポスターは、作らなかったんですか？」

「多分、前のように、スポンサーが、いなかったんでしょうね。さもなければ、金払いが悪いのでコマーシャルに出てくれるタレントが、いなかったのか」

「ここに捨ててある丸薬は、このままで大丈夫なんですか？　子供が知らずに、なめたりすると大変でしょう？」

亀井が心配すると、署長が、笑って、

「斉藤製薬の唯一《ゆいいつ》の取りえといえば、インチキ漢方薬で、効きませんが、その代わり、毒でもなかったことですかね。そこに、空《から》になった粉ミルクの缶とか、ココアの缶があるでしょう。コーヒー粉もありますよ」

「これで、丸薬を作っていたんですか？」

「そうです。特効薬の場合は、それに、ピリッとくるカラシを混ぜたりしていたようです」

「それでは、死者は、出ていないんですね？」

「私の知る限り、死者は出ていませんが、それが何か？」

「五月二十四日に、磯村圭吾という弁護士が、東京で殺されました。銃で撃たれました。その彼が担当していたのが、斉藤製薬が絡む詐欺事件でした。私はその薬で死者が出たと思っていたんです。だから、弁護士の射殺にまで、発展したのではないかと考えたんです。死者が出ていなければ、単なる詐欺事件でしかない。それなのに、なぜ担当弁護士が射殺されるところまでいったのか、不思議な気がしますね」

と、十津川は、自問する調子で、いった。

だが、その自問に対する答えは、出て来なかった。

十津川は、持参した磯村弁護士の写真を、署長に渡した。

「これが、その磯村弁護士です」

と、十津川が、いうと、署長は、

「拝見します」

と、写真を見てから、

「この人でしたら、たしかに、見えましたよ。一週間前でしたね。なぜか、弁護士とは名乗らず、何でも、自分の家族が、斉藤製薬が製造した漢方薬を飲んだところ、具合が良くなるどころか、かえって症状が悪くなってしまったというんですよ。それで、斉藤製薬の評判を知りたいというので、私が知っている限りを、教えましたが――」

「斉藤製薬がインチキ漢方薬を作っていると、教えたんですか？」

「いや」

と、署長は、笑って、

「そこまでは、いいませんよ。ただ、高山にある漢方薬の薬局は、斉藤製薬の薬は、ほとんど扱っていないとは、いいました。事実ですから」

「それを聞いて、磯村弁護士は、どんな顔をしていました？」

「そうですか、とだけいって、帰って行かれましたよ」

その言葉を、どう受け取ったらいいのか、十津川は、迷って黙《だま》っていた。

十津川は、倉庫に捨てられていた何種類かの丸薬を、持ち帰ることにした。

東京に帰ると、持ち帰った丸薬を、科警研で調べてもらうことにした。

「みんな同じようなもんだから、二、三粒調べればいいんじゃありませんか？」

と、技官の一人が、きいた。十津川が持ち帰った丸薬は、ごく小さいものだったが、五百粒ぐらいはあったからである。

「いや。全部、調べてください」

と、十津川は、いった。

「しかし、多分、みんな同じ成分だと思いますがね」

「かもしれないが、一粒残らず、成分を調べてもらいたいんです。殺人事件が絡んでいますからね」

十津川は、妥協《だきょう》せずに、主張した。

結果が出るのに、日数がかかってしまった。

電話で呼ばれて、科警研に行くと、先日の技官が、不機嫌な表情で、

「全部で、五百十二粒ありましたよ」

「それで、成分は、わかりましたか?」

「五百十一粒は、全く同じ成分です。粉ミルク、黒砂糖、コーヒーの粉末、そしてココアの粉末です」

「それを飲んだら、どうなりますか?」

「ちょっと甘いなと感じる人もいるでしょうし、ちょっと苦《にが》いと思う人もいるでしょうが、毒にも薬にもなりませんね」

「今、五百十一粒といいましたね。すると、あと一粒あるということになりますが」

「これが、その一粒です」

技官は、白いハンカチの上にのせた一粒の丸薬を、おもむろに、十津川の眼の前に置いた。

「これ、飲んでも大丈夫ですか？」

「飲みますか」

技官は、無表情に、コップに水を入れて、十津川の前に置いた。

十津川は、急に怖《こわ》くなった。

「本当に大丈夫ですか？」

「多分、大丈夫でしょう」

「多分？　この一粒には、何が入っているんですか？」

「粉ミルクと、コーヒーの粉末です」

からかわれたと思って、十津川が睨《にら》むと、技官は平然と、

「大部分の丸薬が、ミルクと、ココアと、コーヒーの成分で出来ていたんで、みんな、面《おも》白《しろ》がって、口に放り込み始める始末でしたよ」

と、十津川にいった。

4

捜査を開始して六日目に、突然、静岡県の清水《しみず》警察署から、電話が入った。電話の主は、静岡県警の捜査一課、小山《こやま》警部と、名乗った。

「警視庁で今回、磯村圭吾という弁護士が殺されて、その捜査が開始されたとお聞きしたのですが、容疑者は、もう見つかりましたか？」

と、小山警部が、きく。

「いや、まだ捜査を、開始したばかりですから、そこまでは、いっておりませんが、今回の事件と、静岡県警とが、関係あるんでしょうか？」

と、十津川が、きいた。

「それは、分かりませんが、まず、こちらの事件のことを聞いてください」

小山がその説明を始めた。

「清水区内で、コンビニを、やっていた夫婦がいるのですが、その二人が、突然、殺されました。五月十七日の夜です。原田《はらだ》という夫婦なのですが、八年ほど前から、コンビニを経営していました。事件のあった、五月十七日の夜は、コンビニを、休みにしていたのです。ただ、どうして、この日、店を、休みにしたのか、その理由は、まだ、分かっておりません。店を休んで、この日、経営者の、原田清之《きよゆき》さんと、妻の敏江《としえ》さんは、自宅マンションで、誰かに会っていたのです。これは、間違いありません。その人間が、原田夫妻に、毒入りの、ワインを飲ませ、二人とも亡くなってしまったのです。そこで、われわれは、夫妻が持っていた名刺を、調べたところ、殺された磯村圭吾弁護士の名刺が、見つかりました。それで、そちらに、電話をしたというわけです」

「なるほど。たしかに、清水で殺された、コンビニのオーナー夫妻が、磯村弁護士の名刺を、持っていたというのは、大変興味深いですね」

十津川が、応じると、小山警部は、

「これからすぐ、そちらに、お伺《うかが》いしたいと思うのですが、構いませんか？」

「ええ、構いませんよ。お待ちしています」

「それでは、今からこちらを、出ます。よろしくお願いします」

そういって、小山という警部は、電話を切った。

5

二時間ほどして、静岡県警の、小山という警部が、東京の捜査本部に到着した。小山は、三十代の若い警部である。

小山は、十津川に挨拶《あいさつ》したあと、持参した問題の名刺と、清水で起きた事件に関係した人間と、コンビニの写真を、机の上に、並べていった。

「今回殺された原田清之・敏江夫妻は、八年前から、コンビニを始めています。ですから、名刺も、百枚以上持っていました。問題の名刺は、その中の一枚なので、最初は、こちらも、あまり、重視していませんでした。それでも、原田夫妻の関係者を知りたくて百枚以上の名刺を、片っ端《かたっぱし》から調べていったのですが、その途中で、こちらで、磯村弁護士が、殺されたという話を、聞きましてね。ひょっとすると、東京と静岡の二つの事件は、どこかで、つながっているのではないかと思って、こちらに、伺ったのです」

これが小山の説明だった。

小山が持ってきた写真の中には、殺されたという原田夫妻の、写真もあった。

夫の原田清之は、五十二歳、妻の敏江は、四十八歳である。写真からは、いかにも、律《りち》義者《ぎもの》という印象を、受けた。

「原田夫妻というのは、どんな夫婦だったんですか?」

と、十津川が、きいた。

「いや、それがですね、実は、何とも奇妙なんですよ」

「奇妙? といいますと?」

「原田夫妻は、八年前から、今の場所で、コンビニ店を始めました。チェーン店のコンビニです。自分がオーナーになってのコンビニ経営で、百枚以上の名刺を持っていました。しかし、驚いたことに、名刺の相手一人一人に、会って話を聞いてみると、原田夫婦と付き合いらしい付き合いは、ほとんど、していないというのですよ。あの店の客や、近所の人たちは、口を揃《そろ》えてあの夫妻は、真面目《まじめ》な働き者で、律義だという。ところが、あまり付き合いがない。誘っても、いっこうに、酒を飲みにも来ないし、旅行にも、行かない。そのせいで、百枚以上の名刺がありながら、その中にあの夫妻のことを、よく知っているという人間が、一人もいないのですよ」

小山は、小さく肩をすくめた。

「そうすると、磯村弁護士も、同じじゃありませんか? 偶然、どこかで、名刺をもらったが、ただ、もらっただけで、付き合いがない。そういうことになるんじゃありませんか?」

と、亀井が、いった。

「最初は、私もそう考えたんですが、ちょっと違うんですよ」

「違うって、どう違うんですか?」

「その名刺の裏を見てください。百枚以上の名刺の中で、その一枚の名刺にだけ、書き込みが、あるんです」

小山が、いうので、十津川が、問題の磯村弁護士の名刺の裏を返すと、たしかに、小山のいう通り、そこにはペンで、書き込みがあった。

「困ったことがあったら、いつでも私に電話をしてください。磯村」

おまけに、そこに磯村の判まで押してあった。

6

「それで、原田夫妻がやっていたコンビニですが、経営状態は、どうだったんですか?」

十津川が、小山に、きいた。

「始めたのは、さっきも、申し上げましたが、八年前で、オープン当初は、なかなかうまくいかなかったようです。しかし、ここ二、三年くらいは、毎年順調に、利益を上げています。銀行預金もありましたし、借入金も、ほとんど、ありませんから、順調な、経営といえるんじゃないかと思いますね」

「商売のほうは、順調だったのに、どうして、オーナーの原田夫妻は、殺されてしまったんでしょうか？」

亀井がきいた。

小山は、うなずいて、

「県警が、不審に思っているのも、実は、その点なんですよ。経営状態は順調で、預金もあり、借金があるわけでもありません。それに、人と付き合うことも、あまりなかったようですから、逆にいえば、同業者から恨《うら》まれるといったことも、なかったわけです。これは、間違いないところです。同業者の誰に聞いてもみな、そういっているんです。付き合いは少ないが、店は、きちんと、やっていた。あれなら、大丈夫だろう。同業者の誰もが、そういっているんです。ですから、原田夫妻が、誰かに憎まれたり、嫌われたり、あるいは、借金があって、困っていたことはなかったと、思うのですよ」

「原田さんか、奥さんのどちらかに、個人的な恨みを買うということは、なかったんですか？　例《たと》えば、原田さんが、女性関係が、ルーズで、女のことでモメていたとか、奥さんの敏江さんに、不倫相手の男が、いたとか、もし、そんなことがあれば、殺人の動機になり得ると思いますが」

「もちろん、その点も、調べましたが、今のところ、そういうことは、ないようです」

「つまり、原田夫妻に殺されるような動機が何一つ、見つからない。そういうことですか？」

「ところで、磯村弁護士のほうは、どうなんですか？　人望のある、弁護士なんでしょうか？」

　今度は、小山が、逆に、十津川に、きいた。

「殺された、磯村弁護士に、問題があるのではないかと、われわれもいろいろと、聞き込みをやって、調べてみましたが、今のところ、彼が、殺されたのは、個人的な問題ではなさそうです。磯村弁護士は、人当たりはいいし、正義感も強い。それに、四十歳で、仕事が面白くなる年齢でもあって、とにかく一生懸命、仕事を、こなしていたようです。彼が担当した事件で、依頼者が、文句をいってきたことは、一回もないようで、人望のある弁護士だといっていいと思います」

「それなのに、なぜ、殺されたんでしょうか？」

「そこが、分からなくて、われわれも、困っているんです。磯村弁護士が刑事事件の弁護を担当していれば、危ないことの、一つや二つくらいは、あったでしょうが、磯村弁護士は、民事を担当していて、危険な事件を担当することは、まずなかったと聞きました。したがって、磯村弁護士が、所属した法律事務所でも、どうして、彼が、突然、殺されてしまったのか、分からないと首をかしげています」

「原田夫妻の、やっていたコンビニに何か事件があって、磯村弁護士が、その事件を担当していたことは、ありませんか？　そういうことがあれば、二つの事件が、結びつくのですが」

と、小山がいう。

「小山さんから電話があったので、その件を、至急、調べました。しかし、磯村弁護士が担当した事件の中には、原田夫妻という名前は、ありませんでしたし、静岡市清水区のコンビニに、関係する事件も、見当たりませんでした」

「そうなると、なおさら、磯村弁護士の名刺のことが引っかかってくるんですがね」

「たしかに、何かあったら、連絡をくれと、名刺の裏に、わざわざ、手書きするくらいだから、両者の間には、何か、かかわりがあったはずです。原田夫妻と磯村弁護士が、どこかで、つながっていないかもう一度、調べてみます。そちらでも、ぜひ、磯村弁護士のことを調べていただけませんか?」

と、十津川が、いった。

7

十津川は、東京で殺された磯村弁護士と、清水で、毒殺されたという原田夫妻の関係を、調べていった。共通点もである。

しかし、調べていくと、つながるよりも、つながらないことのほうが多いのである。共通点も見つからない。

第一、年齢が違う。当然、出身学校も違う。

原田夫妻が、店の経営で、何かトラブルになり、東京弁護士会に所属する、磯村弁護士に、その解決を、依頼したということもなかった。

静岡県警の小山警部からも、悔《くや》しそうに電話がかかってきた。

「いくら調べても、原田夫妻と、そちらの、磯村弁護士をつなぐ糸は、全く、見つかりません。このままでは、捜査の進展は、ありませんね」

と、小山は、いうのだ。

東京の捜査会議で十津川は、清水のコンビニ経営者の話を持ち出した。

「何かあるかもしれないと思うのですが、いくら調べてみても、名刺のこと以外に、両者がつながりません」

「その件だがね」

と、三上《みかみ》本部長が、口をはさんだ。

「最近の事件の中で、こちらの、弁護士殺しや、静岡市清水区の、コンビニオーナー夫妻殺しと、どこかでつながっている、第三の事件が、あるんじゃないのかね？　そういう第三の事件があれば、また新しい展望が生まれてくるんじゃないかね？」

「それ、調べてみます」

と、十津川が、肯《うなず》いた。

その結果、一つの事件に突き当たった。十津川が注目したのは、事件のあった日付だった。

それは、長野県長野市で起きた事件である。

長野市内の繁華街にある、飲み屋で、五月十日、従業員の女性が、殺された。

店の名前は「のみすけ」で、その店で働いていた横山弥生《よこやまやよい》という三十歳の女性が、五月十日の夜、殺されてしまったのである。

長野県警が店のママに、話を聞いた。

ママの説明によると、八年ほど前、店が休みだった時に、横山弥生が、ふらりと、店にやって来て、使ってほしいといった。

真面目そうな女性だし、まあまあの器量だし、それにちょうど、従業員を、増やそうと思っていたところだったので、あっさり、その女性を、雇《やと》うことを決めたのだという。

それから、今日まで、約八年、ママが見込んだ通り、横山弥生は、真面目に、働いていた。愛嬌《あいきよう》があるし、客あしらいも上手《うま》い。お酒は好きだったが、客が相手の時は、それほど飲まないようにしていた。

そんなところも、ママは、大いに気に入っていたのである。

五月十日、弥生が仕事の途中で、ママに、

「ちょっと出てきます。すぐに戻ります」

と、いった。

ママが、OKすると、彼女は、すぐに、店を出ていったが、一時間をすぎても、店に戻ってこない。

ママが心配していると、自宅マンションと店の途中にある路地で、胸を刺されて、死んでいるのが、発見された。

それからが大変だった。

警察がいくら調べても、横山弥生の素姓《すじょう》が、分からないのである。

当然、雇う時に、きちんと身元の確認をしなかったということで、ママは、警察から、こっぴどく叱《しか》られた。

県警の刑事は、彼女が住んでいた市内の、マンションも調べた。

しかし、彼女の身元や出身地が、分かるようなものは、何も、見つからなかったし、手紙の類《たぐい》も、発見されなかった。

ただ、五百万少しの、横山弥生名義の、銀行預金が見つかった。ママも、その金額には、ビックリした。

「そんなに、しっかり、預金していたとは知らなかった」

と、ママが、いった。

どうやら、横山弥生は、一生懸命、お金を貯《た》めて、それで、何かをしたかったらしいが、それも分からないのである。

そんな中で、十津川が、注目した日付とは、こういうことだった。

横山弥生が殺されたのは、今年の、五月十日である。次に、清水のコンビニ経営者、原田清之と敏江の夫妻が、殺されたのが、五月十七日、さらに、東京の隅田公園で、四十歳の弁護士、磯村圭吾が殺されたのが、五月二十四日である。

弥生殺しを、起点とすると、一週間ごとに、三人、いや四人が殺されたことになる。

もちろん、この、一週間ごとというのは、単なる、偶然かもしれなかった。他にも殺人事件は起きているからだ。

それでも、十津川は、この発見を重視して、亀井刑事と、長野県警に行くことにした。

そこでは、事件を、担当している佐伯《さえき》という警部に、会った。

佐伯は、警視庁から、突然、刑事が二人も、やって来たことに戸惑《とまど》っているように見えた。

「本当に、ウチで、起きた殺人事件と、東京で起きた、殺人事件とが、関係しているんでしょうか？」

と、佐伯が、きく。

「断定は出来ません」

と、十津川は、正直に、いった。

「わざわざこちらまで、足を運んでいらっしゃった十津川さんには申しわけありませんが、私には、単なる偶然にしか、思えないのですが」

「確かに一週間ごとに事件が、起きているのは、単なる、偶然かもしれません。ただ、刑事としての私の勘《かん》なんですが、関係が、ありそうな気がするんですよ。こちらでも、殺人の動機は、不明なんでしょう？」

「その通りです。殺された横山弥生は、たしかに五百万円という、銀行預金を、持っていましたが、犯人は、彼女を、殺した後、その五百万円には、全く、手を付けていないのです。彼女は、日頃から、真面目によく働き、客扱いも、うまかったそうです。それにママとも同僚とも仲良くやっていたそうですから、いくら考えても、殺される理由が、出て来ないんですよ。誰にも憎まれていませんでしたからね」

「東京で起きた弁護士殺人事件も、今に至るも、動機が、不明なんです。被害者の磯村弁護士が、扱っていたのは、民事事件で、刑事事件は、一切《いっさい》、扱っていませんでしたし、暴力団絡みの事件も扱っていなかったから、暴力団から恨まれるといったことも、なかった。もう一件、静岡市の、清水で起きたコンビニの経営者夫妻殺しでも、静岡県警は動機が分からなくて、困っています。この三つの事件は、五月十日、十七日、二十四日と、一週間ごとに、起きているのですよ。偶然かもしれないといわれるが、私には、どう考えても、これが、単なる偶然だとは、思えないのですよ。それに、静岡県警が、捜査している事件では、東京で殺された、磯村弁護士の名刺が、清水市で殺された、コンビニのオーナーの持っていた名刺の中に入っていたのです。したがって少なくとも、東京と清水の事件は、間違いなく、つながっています」

「しかし、こちらで殺された女性は、近くのマンションから、飲み屋に通《かよ》っていたのですが、自宅をいくら調べても、磯村弁護士や原田夫妻の名刺は、見つかっていません。というよりも、名刺そのものを、一枚も、持っていないのです」

「携帯は、どうですか？」

「持っていたことは、間違いないのですが、今のところ、見つかっていません。それに、彼女は、飲み屋の従業員です。職業に、貴賤《きせん》はないと、いいますが、弁護士や、コンビニのオーナーと関係があるとは思えません」

「しかし、五百万円の預金は、あったんでしょう？」

亀井が、きくと、佐伯警部が、笑って、

「たしかに、そうですが、犯人が、その預金を狙《ねら》ったということは、全く、考えられないのです。その五百万円を、狙っていたのなら、彼女を殺した後、すぐに、彼女のマンションに行って、預金通帳を、奪おうとするはずですが、その形跡は、ありません。犯人は、ただ単に、女を一人殺すことだけが、目的だったとしか思えない。それなのに、肝心《かんじん》の女のことが、よく分からないのですから、捜査が進まず、困っています」

「しかし、私は、この三つの事件が、関係しているという考えは捨てませんよ」

十津川は、頑固《がんこ》にいった。

「それでは、こちらで、殺された横山弥生の写真と、自宅マンションから、採取した彼女の指紋を、お渡しします。こちらでも、事件の捜査をしていて、どこかに、引っ掛かるものが見つかればいいと思っているのですが、今までのところは、どこにも、見つかっていません」

と、佐伯が、いった。

十津川は東京に戻ると、まず長野県警から渡された指紋を調べてもらい、それと一緒に、横山弥生の写真を、城山法律事務所に、持っていって、全員に見てもらった。

そして次に静岡県警本部に、電送して、県警の刑事やコンビニの客たちに、見てもらうことにした。

その結果は、あまり芳《かんば》しいものではなかった。

まず指紋である。

警察庁の、前歴者データを調べても、指紋が一致するデータは、見つからなかった。つまり、横山弥生という女には、犯罪歴は、なかったということになる。

静岡県警の小山警部からも、電話があった。

「捜査本部の全員と、清水でコンビニをやっている店長や、店員を集めて、横山弥生の写真を、見せましたが、残念ながら、彼女を知っているという人間は、一人も、いませんでした」

最初に、写真を持っていった、城山法律事務所のほうだが、こちらは、ほんの少しだが、期待が持てそうな、反応があった。

城山法律事務所には、五人の女性事務員がいるのだが、その中の一人が、四月の初め頃、東京スカイツリーに行き、いちばん上の展望台に、上がった時、そこで、磯村弁護士と、写真の女らしい人が、一緒にいるところを目撃したと、証言したのである。

ただし、それは「見た」と、はっきり断言できるような、強いものではなかった。

というのも、その女性事務員が、スカイツリーに行った時は、両親を、連れていったので、両親との会話に、夢中になっていて、「見たような気がする」という程度の、曖昧《あいまい》なものでしかなかったのである。

見たのが四月の上旬だというので、日付を合わせると、たしかにこの日、磯村弁護士は、事務所を、休んでいた。

8

三上本部長は、急遽《きゅうきょ》、捜査会議を開くことを決め、捜査員全員を、招集した。

十津川は、静岡市清水区と、長野市で起きた殺人事件は、東京の事件とどこかでつながっていると主張しているが、これには、証拠がない。

だから、もし、間違っていたら、東京で起きた殺人事件の捜査に、間違った先入観を持たせてしまう。

それを心配して、三上本部長が、急遽、捜査会議を開くことにしたのだ。

会議の席上、三上本部長が、強い口調で、いった。

「十津川警部の考えが、正しければ、事件の解決に、大いに役立つだろうと、私も思う。しかし、もし、間違っていたら、静岡市清水区で起きた事件も、長野市で起きた事件も、東京で起きた事件と関係がないのに、あたかも、関係があると考えて、捜査を進めてしまう。そして、捜査は、間違いなく、失敗する。したがって、早い時期に、どちらかに、決めて、一本に、絞《しぼ》ってもらいたいのだ。そこで十津川警部に聞くが、君の確信は、今も崩れないかね？」

「はい、崩れません」

十津川が、きっぱりと、答えた。

「君のそうした、確信の根拠になっているのは、一枚の名刺じゃないのか。磯村弁護士の名刺が、清水で、殺されたコンビニのオーナーのところにあった。それが、君の確信の、理由じゃないのかね？」

「たしかに、確信の一部では、あります」

「清水市で殺されたコンビニのオーナーは、たしか、原田夫妻といったね？」

「そうです」

「その名刺だが、原田夫妻が、磯村弁護士と、直接会って、直接もらったものかどうかは、分からないんだろう？　磯村弁護士が、ほかの誰かに渡した名刺が、回り回って、原田夫妻のところに、行ったことだって、十分に考えられるんじゃないのかね？　名刺の裏にメッセージが、書いてあったといっても、それが原田夫妻に、宛《あ》てたものとは、断言できないだろう？」

「たしかに、その点は、本部長のおっしゃる通りです」

「その上、城山法律事務所を、いくら調べても、磯村弁護士が、清水の、原田夫妻を助けたという証拠も、ないんだろう？」

「その通りです」

「だとすれば、君がいう、三つの事件のつながりを、証明するものは、ほとんど、何もないと、いわざるを得ないんじゃないのかね？」

「もう一つ、日付があります」

と、十津川が、いった。

「君がいいたいのは、五月十日、十七日、二十四日と、一週間ごとに、事件が起きているということだろう？　しかし、新聞を、見たまえ。日本全国どこでも殺人事件が、毎日のように、起きているんだ。一週間ごとにだって、殺人事件は起きている。それを全部、一週間おきに起きているからといって、つながっているといえるのかね？」

三上が、皮肉を込めて、いう。

「もう一つ、あります」

「もう一つ？　ほかに、何か、あったかね？」

「城山法律事務所の、女性の事務員が、四月の初めに、両親を連れて、東京スカイツリーに行った時、磯村弁護士と、横山弥生が、一緒にいるところを、目撃しています」

「その話なら、聞いたよ。しかし、女性事務員の、証言というのは、二人を、見たような気がするという程度の、曖昧なものなんだろう？　確信ある証言じゃないだろう？」

「たしかに、そうですが、先ほどお話しした、日付の問題があります」

「一週間ごとの、日付というのは、私がいったように、いくらでも、都合よく解釈できるものだ。毎日のように、どこかで、殺人事件が起きているんだからね」

「実は、もう一つ、私が、調べたことがあります」

「何かね？」

「今回の一連の事件は、五月十日、十七日、二十四日に、起きています。そこで、五月十日の一週間前は、どうだったのだろうかと、考えて、憲法記念日の五月三日を、調べてみたところ、磯村弁護士は、出勤日だったのですが、事務所に、休暇届を出していたのです。どこに行ったかは分かりませんが」

と、十津川が、いった。

「それだけかね？」

三上本部長が、じろりと、十津川を見た。

「それだけです」

「それじゃあ、三つの事件が、つながっているという証拠には、全く、ならんだろう」

「城山法律事務所に聞いたところ、五月三日は、磯村弁護士が、本来は、休みを取る日では、なかったそうです。ほかの日に、休みを取るはずだったのに突然、五月三日に、休ませてほしいと、四月の末に、城山所長に、いってきたそうです。こんなことを、磯村弁護士が、いってきたのは、初めてだったので、ビックリしたと、城山所長はいっています」

「そのことに、何か、大きな意味があるとは、私には、とても、思えんがね。君だって、プライベートな理由で、突然休暇を取ることが、あるじゃないか」

と、三上が、いった。

十津川が黙っていると、三上は、さらに、

「要するに、突きつめると、結局君の直観だろう。勘《かん》で、三つの事件には、関係があると、君は、思っている。しかし勘に頼る捜査は、危険だぞ。そんなことは、私が、いうまでもなく、君もよく分かっているはずだ。だから、私が命令する。三つの事件は、関係があるとは、思うな。とにかく、君は、東京で起きた弁護士殺人事件に集中して、捜査すればよろしい。もし、君が、これからも、三つの事件が、関係しているという妄想に陥《おちい》って、その方向で、捜査を続けたら、君を、今回の捜査から外《はず》すぞ。いいな」

三上の言葉で、今日の捜査会議は、終わってしまった。

十津川は、一応、三上本部長の、指示に従うことにした。

ただ十津川が、三つの事件につながっていると伝えた、静岡県警と長野県警にも、それを、訂正するような電話やファックスはせず、そのままに、しておくことにした。

したがって、もし、向こうで、何か発見があれば、すぐ東京の捜査本部にも知らせてくるはずだった。

十津川は、それに、期待した。

第二章　川原湯《かわらゆ》温泉駅

1

捜査本部の壁には、続けて起きた三件の殺人事件について、調べて、分かってきたことの概要が、書き記《しる》してあった。

五月十日　被害者　横山弥生　三十歳　長野市内の、働いている飲み屋の近くで、刺殺された。

五月十七日　被害者　原田清之　五十二歳　同敏江　四十八歳　夫婦　静岡市清水区内でコンビニを経営していたが、何者かに毒殺された。

五月二十四日　被害者　磯村圭吾　弁護士　四十歳　城山法律事務所所属　夜、隅田公

園で、何者かに射殺された。民事で詐欺事件を担当していた。

この三つの事件が、それぞれ関係しているという刑事もいれば、全く関係がないという刑事もいた。今の段階では、いずれも推測である。

飛騨高山の、斉藤製薬の、姿を消した社長たちは、すぐに見つかって、この事件とは無関係だということが分かった。

十津川は、一週間おきに起きた三つの殺人事件が、つながっていると考えているが、三上本部長は、初めから決めつけるなら、捜査から外すとまで、いう。捜査をするにあたって、妙な先入観を持ってしまうと、捜査が、間違った方向に向かってしまうからである。

それに、この三件のうち五月二十四日の事件以外は、十津川が、直接調べたわけではなくて、事件があった長野県警、静岡県警が捜査中の殺人事件である。

十津川は、まずは静岡県警の小山警部に会って、じっくりと話し合う必要があると考え、亀井刑事と、今度は、こちらから静岡市清水区に向かった。清水警察署に、捜査本部が、設《もう》けられていたからである。

小山警部に会うと、十津川は、きいた。

「どうですか？　事件の目鼻《めはな》が、つきましたか？」

小山警部は、笑って、

「いや、残念ながら、壁にぶつかったままで、解決の糸口が、見つからずにいます。一番の悩みは、どうしても動機が分からないことです。原田夫妻を憎んでいる人間が、どこにもいないんですよ」

と、いう。

十津川は、東京と長野で起きた二件の殺人事件について、

「私のほうも、相変わらず、犯人の動機が分からなくて、困っています」

と、小山に、いった。

五月十日に殺されたのは、横山弥生、三十歳である。彼女が働いていた、飲み屋のママに聞いても、常連客に聞いても、愛嬌があるし、常連客のことを大事にしてくれるので、みんな、喜んでいた。だから、彼女のことを憎んでいる人なんて、一人もいないと、誰もが、話すのである。

五月二十四日の事件の、被害者、磯村圭吾の場合も、同じだった。

磯村弁護士は、どんな事件でも真面目に取り組み、今までのところ、磯村圭吾が弁護をした依頼人で、彼のことを悪くいう者は、一人もいないのである。

「五月十日の事件ですが」

と、小山警部がいった。

「被害者の横山弥生は、客とケンカになって、ナイフで、刺されたと聞いたのですが?」

「そうなんです。長野県警の調べで、つい先日、明らかになったことですが、その通りです」

「それならば、その客には、憎まれていたんじゃありませんか?」

小山の質問に、十津川は、首を横に振って、

「調べでは、必ずしも、そうではないようです。その時、店で飲んでいた客から証言が取れたのですが、あれは、犯人が、わざと、難癖《なんくせ》をつけて、横山弥生にケンカを売り、逃げるように出て行ったのを、追っていって、あらかじめ持っていたナイフで、刺したようなのです。ママは別の客の相手をしていて、気づいていませんでした」

「それで、犯人は?」

「逃亡中です。どこかに、姿を消してしまい、今も、どこにいるのか分かりません。初めて見る客で、地元の人間でないことは、はっきりしているそうです」

「ウチが扱っている、清水で殺されたコンビニ経営者夫妻の事件ですが、東京で殺された磯村圭吾弁護士の名刺を、持っていました。今のところ、それが、唯一《ゆいいつ》のつながりなんですが、十津川さんは、関連性があると思いますか?」

と、小山が、きいた。

「われわれは、磯村弁護士の所属している城山法律事務所に行って調べましたが、こちらで亡くなった原田夫妻が、何らかの事件の弁護を依頼したこと、その弁護を、磯村弁護士が引き受けたということは、全くありませんでした。したがって、今のところは、たまたま、磯村弁護士の名刺が、回り回って、原田夫妻のところに行ったとしか考えられません」

十津川が、説明した。

「三つの事件で殺された三人、いや、四人ですが、この四人の共通点は、何か見つかりましたか？」

と、小山がきく。

「いや、まだ見つかりません。殺された四人は、年齢的にも、職業歴にも、接点が見つからないのです。最初の被害者、横山弥生は、飲み屋の店員ですし、五月二十四日に、殺された磯村圭吾は、弁護士、原田夫妻は、コンビニのオーナーで、つながる要素が、どこにも、ないのです」

「そうですね。一人が、弁護士ですから、普通に考えれば、あとの二人、いや、三人が、何か事件に巻き込まれて、磯村弁護士に、弁護を依頼したということになりますが、それがなければ、結びつきませんね」

小山が、小さく肩をすくめる。

「生まれ育った場所に、共通点は、ありませんか？」

と、いったのは、亀井である。

「清水で殺された原田夫妻は、夫の清之のほうは、長野の出身、妻の敏江は、九州から、嫁《とつ》いできています。しかし、夫の清之は、自分の郷里の長野には、肉親がもう、誰もいないので、ここ数年は、帰ったことがないと、いっていたそうですし、妻の敏江は、九州の長崎に親戚がいることは、いるのだが、最近は、電話をかけたり、会いに行ったりすることも、なくなったと、いっていたそうです」

次は、十津川の説明である。

「磯村弁護士も、たしか、長野の出身だと、城山所長が、そういっていますから、磯村弁護士と原田夫妻には、多少のつながりがありますね。問題は、五月十日に、殺された横山弥生です。彼女の働いていた飲み屋のママの話によると、ある日突然、雇ってほしいとやって来た横山弥生を、よく調べもせずに、雇ったので、彼女の履歴書というものが、ないんですよ。ですから、今のところ、彼女が、どこの生まれか分かりません」

「参りましたね」

と、小山が、いった。

「ほかに何か一つでも、共通点があれば助かりますが」

亀井が、いう。それに対して、小山は、

「今、ちょっと、思いついたのですが、この四人が、揃《そろ》って、旅行好きだったというのは、どうでしょう?」

「と、いいますと?」

「たとえば、四人が別々に、北海道の知床《しれとこ》、九州の長崎、あるいは、京都などを旅行していた時、たまたま、一緒になって、意気投合して、これからも時々、誘い合って一緒に、旅行に行きましょうということになっていた。もし、そんなことがあれば、共通点になると思うのですが」

と、小山がいう。

「なるほど。そういう、共通点も考えられないことは、ありませんね」

「ただ、原田夫妻が、住んでいたマンションに行って、写真やハガキ、手紙などを、調べてみましたが、磯村弁護士や横山弥生の名前は、どこにもありませんでした」

「ほかに、どんな共通点が、考えられますかね?」

亀井が、いい、全員が考えたことを口にした。

それを、亀井が、黒板に書いていった。

たとえば、病気。たまたま四人が病気になり、同じ病院に入院していたことはなかったか？

しかし、調べてみると、四人とも、健康そのもので、最近、救急車で、運ばれて、そのまま入院してしまったというようなことも、ないことが分かった。ほかにも、いくつかのケースが考えられたが、いずれも空振《からぶ》りだった。

「こうなると、やはり、磯村弁護士の線を、検討することになりますが」

と、小山警部が、いった。

長野で殺された横山弥生と、清水で殺された原田夫妻、この三人が、過去に何らかの事件に巻き込まれて、その際、磯村弁護士が、個人的に、相談にのったというケースである。これなら法律事務所に書類が残っていなくてもおかしくはない。

たしかに、そんなことがあったとすれば、四人の共通点になってくる。

しかし、十津川が、いう。

「横山弥生に関しては、いくら、調べても、個人的に磯村弁護士に相談にのってもらったということは、でてきませんね」

次には、小山警部が、原田夫妻について、いった。

「残念ながら、原田夫妻も、磯村弁護士に、相談にのってもらったことはなさそうです。いくら、調べても、それらしい問題があったことがありませんから。それに、原田夫妻は、静岡市清水区の人間ですから、もし、弁護士が必要なことがあったとしても、わざわざ、東京の弁護士ではなく、静岡県の、弁護士に相談すると思いますね」

2

壁に突き当たっていた、三つの事件の中で、最初に、明かりが見えたのは、意外にも、捜査が、いちばん難しいだろうと思われた、横山弥生の事件だった。

横山弥生が、働いていた飲み屋の常連客の一人が、横山弥生が、ある時、子どもの頃、浅間山を見ながら、遊んでいたといっていたのを、思い出したのである。

さらに、もう一人の、これも、常連客が、こんな話を十津川にした。

ある時、別の常連客が、横山弥生に向かって、

「今度、一緒に、温泉に、行こうじゃないか。好きな温泉があったら、連れてってやるぞ」

と、いったところ、弥生が、

「温泉といえば、子どもの頃、亡くなった父さんが、草津《くさつ》温泉に、連れていってくれたことがある」

と、いったという。

十津川は、北関東の地図を広げて、子どもの頃、遊びながら、浅間山を、見たという第一の証言、父親に連れられて、草津温泉に、行ったことがあるという第二の証言、この二つのことから、横山弥生の生まれたところが、どの辺《あた》りかを推測することにした。

地図の北に草津温泉があり、南西に浅間山が見える。

とすると、横山弥生が生まれたところは、その中間くらいの地点ではないかと、十津川は、見当をつけた。

その辺りを、地図上で見ると、ＪＲ吾妻《あがつま》線が走っているのを、十津川は、見つけた。

地図で見ると、吾妻線は、渋川《しぶかわ》が起点で、渋川から、大前《おおまえ》まで、全長五十五・六キロ、単線で、電化されたローカル線である。

上野駅からは特急「草津」が、一日に四本運行されている。

横山弥生は、たぶん、この吾妻線の沿線で、生まれ、そして、育ったのだろうと、十津川は、見当をつけた。

次は、磯村弁護士である。

もし、磯村弁護士が、吾妻線の沿線に生まれたとすれば、横山弥生との間に、共通点が、見つかることになる。

十津川は、城山法律事務所に行き、城山所長に会った。

「殺された磯村弁護士は、長野の生まれと聞いたんですが」

と、いうと所長は、

「うちに出した履歴書の本籍地に、長野とあったんです。今は、本籍を詳しく書かなくて、いいことになっていますが、彼の場合は、長野にいた頃の、詳しい住所も、分かっています」

と、いい、その詳しい住所を教えてくれた。

確かに、長野市内の詳しい町名と、マンションの名前まであった。

「このマンションは、今は駐車場になっているそうです」

と、所長が、いう。

「この長野市内で、磯村弁護士は生まれ育ったわけですか？」

「いや、必ずしも、そうとはかぎりません。本籍は移すことができますから」

「では、別に、生まれた場所がある可能性もあると、いうことですね？」

「そんなことをいっていましたが、詳しく聞かないうちに、亡くなってしまいました」

それでも所長は、弁護士と事務所員を集めて、聞いてくれた。

若い弁護士の一人が、

「磯村さんと、子どもの頃のことを話していたら、何でも、川のそばに自宅があって、子どもの頃は、泳いだり、釣りをしていたと、いってましたね」

「何という川ですか」

「それは、覚えてません」

「長野市のマンションの近くに、川は、流れていたのでしょうか?」

十津川がきくと、所長は、

「マンションの近くに川があるなんて話は、していたことありませんね。町の真ん中だそうですから」

「では、生まれ育ったのは、別の場所ですね」

それが、吾妻線の沿線なら、横山弥生との接点が見えたことになる。

十津川は、群馬県の地図を広げて、自分の考えを説明した。

「磯村弁護士が、もし、吾妻線の沿線で、生まれ育ったことになれば、捜査が、大きく前進するんです。この地図を見ると分かりますが、JR吾妻線の沿線には、草津、万座《まんざ》、四万《しま》、伊香保《いかほ》と有名な温泉があります。沿線には、吾妻川が流れています。磯村弁護士が、子どもの頃、こうした場所で遊んでいたかどうかを知りたいんです」

今度は四十代の弁護士が、発言した。

「磯村君とベジタブル生活について、話し合ったことがあるんです。私の故郷は砂地が多いので、ラッキョウと、南京豆《なんきんまめ》が名産だといったら、磯村君は、自分が育ったところは、キャベツとコンニャクだといってましたよ」

「助かりました。それで十分です」

と、十津川がいった。

キャベツとコンニャクの名産といえば、群馬県の嬬恋村《つまごい》から、東吾妻町である。どちらも間違いなく、吾妻線の沿線である。

3

こうなると、あとは、静岡県警が担当している原田夫妻である。

先日、小山警部に会った時には、小山警部は、原田夫妻のうち、夫の清之のほうは、長野県の生まれだといっていた。そして、妻の敏江のほうは、九州の長崎であり、これはどう考えても、吾妻線の沿線とはいえない。

そこで、十津川は、小山警部に、電話をかけた。

「こちらで調べたところ、五月十日に殺された横山弥生と、五月二十四日に殺された磯村弁護士は、どちらも群馬県の吾妻線の沿線で、生まれ育っていたと思われます。もし、原田夫妻の夫、原田清之が、吾妻線の沿線で生まれ育ったとなれば、この三つの事件が、結びつく可能性が出てくるのです」

十津川が、いい、小山警部は、

「分かりました。もう一度、調べ直してみます」

と、応じた。

清水で、コンビニ店を開店する際、原田清之が、役所に提出した申請書がある。

小山は、それを、もう一度、確認してみた。間違いなく、本籍は、長野になっている。ただし、吾妻という文字は、どこにもない。

原田清之は、この時、長野に住んでいた。この長野から、申請書を提出し、清水に店を作ると、長野から引っ越してきたことになる。

小山は、申請書にあった長野市の住所に行ってみることにした。

在来線と、新幹線を乗りついで、長野に着くと、小山は、市役所の戸籍係を訪ねた。

「原田清之さんは、長野市の生まれですか？」

と、小山が、きいた。

市役所の戸籍係の担当者は、鈴木《すずき》という名前だったが、その鈴木は、

「いや、違いますよ。なぜか理由は分かりませんが、原田さんは、本籍を、この長野市の、この住所に移していたんです」

と、いう。

「それでは、長野市内に、本籍を移す前の本籍は、どこだったんでしょうか？ 分かりますか？」

「分かりますよ」

と、担当者は、いい、席を外したが、五、六分して戻って来ると、ニコニコしながら、

「こちらに移す前の原田清之さんの本籍地は、群馬県の長野原《ながのはら》町になっています。生まれた村は、今は、町に吸収されています」

と、いった。

「原田清之さんは、どうして、そこから、この長野市に、わざわざ戸籍を移したのでしょうか？」

と、小山が、きいたが、その時、十津川の話を思い出していた。十津川は、磯村弁護士が、本籍を移していたと、いったのである。原田清之もとなると、そこに何かあるような

気がしてならなかった。

「長野原町には、家族も、親戚も、もう住んでいないはずですよ。つまり、原田さんの住んでいた場所は、今はなくなってしまったんです」

と、鈴木は、いった。

「しかし、そんなことは、普通なら、あり得ないでしょう？　生まれた場所が、消えてしまうなんて」

「沈んでしまうんですよ」

と、鈴木が、いう。

「沈むって？」

「ダムが出来ることに、なったのです。まだ完成していませんがね。いずれにしても、原田清之さんの家は、ダムの底に沈んでしまうことになり、村全体が、引っ越しました。ですから、原田清之さんは、仕方なく、長野市に本籍を移したんですよ」

と、鈴木が、教えてくれた。

「それは、何というダムですか？」

と、小山が、きくと、鈴木は、イタズラそうな目で、笑った。

「有名なダムで、つい最近も、話題になって、新聞に載《の》りましたよ。知りませんか？」

「そうですか、最近も新聞に載ったんですか?」

小山は、頭の中で、思い出そうと、必死になった。小山は、日頃から、新聞をよく読んでいる。そのニュースにあったダムだという。

考えているうちに、アッと、小山は、声に出した。

「そうか、分かりましたよ。八ッ場《やんば》ダムですね?」

小山が、力を込めていうと、相手は、ニッコリして、

「そうです。八ッ場ダムですよ。六十年以上も前に計画されて、水没する村の住人たちを、別の場所に、移したりしているうちに、政権が代わって工事を中止することとなり、モメました。その後、再びダムを、造ることになった、あの八ッ場ダムですよ。大変なのは、そこに住んでいた人たちでしょうね。政府の指示で故郷を捨て、せっかく、別のところに移住したのに、いきなり、ダムを造るのを中止といわれて、なぜ引っ越したのか分からなくなった。これからだって、どうなることか、分かりませんよ」

と、いった。

小山警部は、その場所から、東京の十津川警部に電話をかけ、分かったことを、そのまま、伝えた。

「そうですか。助かりましたよ」

電話の向こうで、十津川が、声を、弾《はず》ませた。

「原田夫妻の夫のほうが、結局、群馬県の、長野原町の生まれ育ちであることが、分かりました」

「横山弥生の出身地が推測通りだとすれば、三人とも、吾妻線の沿線に、生まれ育ったことになります。どうやら三つの事件が、結びつきそうです」

と、十津川が、いった。

「しかし、三人とも、吾妻線の沿線で、生まれ育ったとしても、今は全員が、そこから、離れて東京とか、静岡の清水とかに、住んでいたわけでしょう？　共通点は分かりましたが、そのあとバラバラになったとなると、つながりは弱くなってしまいますね」

と、小山が、いった。

「たしかに、その恐れは、十分にありますね」

電話の向こうで、十津川は、あっさり肯いた。

「最初の被害者、横山弥生は、八年前に、長野市の飲み屋で働きはじめたといっていますし、五月二十四日に殺された、磯村弁護士は、十七、八年前から、東京に出て来ています」

「原田清之ですが、彼も、八年前から、清水に、住んでいることが分かっています」

と、小山が、いった。

「しかし」

と、十津川がいった。

「これで、三つの事件の関係が見えてきました。おそらく、吾妻線と八ッ場ダムが、関係しているでしょう。そこで明日、私は亀井刑事と一緒に、現在八ッ場ダムが、どうなっているのか調べに行ってこようと思っています。もちろん吾妻線のことも調べてみるつもりですが、小山さんは、どうされますか？　一緒に行かれますか？」

「そういうことでしたら、私も同行させてください」

大きな声で、小山が、応じた。

4

十津川と亀井は、上野駅から、特急「草津」に乗り込んだ。

二人が乗ったのは、十二時ちょうどに、上野を発車する特急「草津三号」である。七両編成で、二人は、最後尾の、七号車に乗った。

上野を出発した特急「草津三号」は、赤羽《あかばね》、浦和《うらわ》、大宮《おおみや》、熊谷《くまがや》と、停まっていく。

高崎《たかさき》には、十三時二十二分に着き、長野から戻ってきた静岡県警の小山警部と車内で落ち合った。次の渋川は、十三時四十二分。ここからは、正式には吾妻線になる。

吾妻線を、どこで降りたら、事件の真相に近づけるのか、十津川は、地図を、見ながら考えた。

今日、吾妻線に乗る前に、現在、八ッ場ダムがどうなっているのか、なるべく多くの、情報を集めたのだが、その中にこんなものがあった。

吾妻線には、日本の鉄道の中で、いちばん短いトンネルがある。樽沢《たるさわ》トンネルで、長さわずかに、七・二メートル。電車一両分よりも短いトンネルだが、問題の八ッ場ダムの工事は、この樽沢トンネルの辺りから、始まったと、いうのである。

そのダム工事のために、吾妻線の、岩島《いわしま》駅、川原湯温泉駅、長野原草津口《ながのはらくさつぐち》駅、この辺りのルートを、変更することになっている。

ダムの底に、沈むことになっているが、八ッ場ダムは、工事を、中止したり、また、再開したりを繰り返していて、今後どうなるかは、全く不明であると、多くの新聞や雑誌には、書いてあった。

そこで、十津川たちは、まず、大きな駅で降りることにした。もし、そこで、足が必要になっても、タクシーが拾《ひろ》えるからである。

問題の日本一短いといわれる、増沢トンネルを抜け、長野原草津口駅で、三人は特急「草津三号」を降りた。

改札は、橋の上である。階段を下りて、駅の外に、出た時、静岡県警の小山警部が、「あッ」という声を、出した。

「どうしたんですか？」

十津川が、びっくりしてきく。

「私は前に、母親を、草津温泉に連れていったことがありましてね。その時、この駅で、降りたんですよ。ここから、草津温泉まで、バスが出てますから。その頃、駅の前に道路が、走っていて、その道路沿いに、たくさんの、レストランだとか、お土産《みやげ》を売る店なんかが、ずらりと並んでいて、大きな商店街を作っていたのに、何もありませんよ、何も」

と、小山が、いった。

たしかに、小山のいうように、駅前には、道路が、走っている。しかし、そこには、店一軒、建っていなかった。道路の向こうには、畑が見えるだけである。

十津川たちは、駅に戻り、駅員に聞いてみた。

「以前、ここの駅前には、大きな商店街があったはずなんですが、今は、何もありません。あの商店街はいったい、どうなったんですか？」

「全部なくなりましたよ」

と、駅員が、あっさりと、いった。

「引っ越したんです」

「八ッ場ダムのせいですか?」

と、十津川がきく。

「そのダム計画は、六十年以上も前に生まれています。この辺は、吾妻線の線路が移動することになっていたんです。当然、駅前の商店街も移動することになります。そこで補償金が支払われ、早々に、引っ越していったんです。それに、この駅もですがね。ところが、ダム計画がガタガタしている。工事を進めるのか、止めるのか、どちらかに、早く決めてほしいですよ」

と、駅員が、いった。

毎年ダムのための予算がついて、用地の買収やら、水の底に沈んでしまう村への、補償、新しい道路の建設などが、延々と続いていたが、いっこうに、ダムの本体が、見えてこない。

また、ダムの目的も、次々に変わってしまっている。水を、確保するための治水ダムが、水力発電ダムになった。

その上、民主党が、政権を取ると、ダムの建設は、中止と、決定してしまった。

しかし、その後、一転して、ダムは建設されることになったが、現在は、どんな状況なのか知りたくて、十津川たちは、地元のタクシーに乗り、建設が、行なわれている場所に案内してもらうことにした。

駅の周辺は静かで、ダムが、建設されている感じは、全くしない。ただ、駅前の商店街が、消えてしまったことに、驚いただけである。

三人の乗ったタクシーが、高台に登っていくと、目の前に、突然、建設現場が現れた。そこでは、コンクリートの太くて高い円柱が造られ、その上では、さらにコンクリートを積み上げて、高くする作業が続いている。

時々、コンクリートミキサー車が、やって来る。しかし、ひっきりなしに、やって来るという感じではなかった。ゆっくりと一台が来ると、またしばらく間を、置いて、二台目のコンクリートミキサー車が、やって来る。やけにのんびりした工事である。

山あいに目をやると、同じような、コンクリートの円柱が、一基二基と、並んでいるのが、見えた。

さっき、十津川たちが、降りた駅や、あるいは、吾妻線の周辺が、ダムの底に沈んでしまうと、高い場所に道路を造り直すことになる。その道路のための、橋脚《きょうきゃく》を、造っているのである。

十津川が、のんびりしていますねと、いうと、そこにいた責任者が、むっとした表情で、

「ダムに付随《ふずい》する、道路工事などは、ほとんど、完成しているんですよ」

と、いった。

5

ダムの底に沈む村が、すでに高台に移転した集落も、訪ねてみた。

その集落の責任者が、怒りを込めて、十津川たちに、訴えた。

「私たちは、ここに、ダムを造るという計画を知り、お国のためだと、思って、今までの村から、この高台に、移転してきたんですよ。そりゃあもちろん、今までの村のほうが、生活しやすいに、決まっているじゃありませんか？　先祖代々、ずっと、暮らしてきた村ですから、愛着も、ありましたよ。それでも、お国のため、みんなのためと、思って、移転したのに、突然、八ッ場ダムは、建設中止だって、政治家が勝手に決めてしまう。その理由だって、もうダムなんか、必要ないっていうんでしょう？　国の計画って、そんない

い加減なものなんですか？　私たちは、元の村へ戻れませんよ。だから抗議したんですよ」

「それにしても、ダム工事のほうはすごくのんびりしていますね。造ると決めたんだから、作業員や機材を、総動員して、造ってしまうと、思っていたので拍子《ひょうし》ぬけでしたよ」

「そのことにも、われわれは、腹が立って仕方がないんですよ。われわれが、抗議をしたので、ダムは、建設されることに、なりましたが、ここから、見ていると、のらりくらりと、やっていて、ダム本体が、見えてこないんですよ。このままで行くと、ダムが出来るまでには、まだ、何十年もかかるんじゃありませんか？　いち早く、ここに移り住んだ甲斐《かい》が、ないですよ。何の意味も、なくなってしまいますよ。このままだと、われわれが、生きている間には、ダムは出来ないんじゃないですか？　そんな、気さえするんです」

「下の村の住人全員が、ここに、移ってきたんですか？」

小山警部が、きく。

「私としては、全員揃って、こちらに、移ってきてもらいたかった。しかし、もめたり、移るのが嫌《いや》だという人が、いたりして、いろんな、邪魔が入りましてね」

「どんな邪魔でしたか？」

「もともと、過疎《かそ》が進んでいた村だったんですよ。若者は、どんどん、都会に、出ていってしまうし、空き家が増えていくしで、その上、ダムが出来ると知って、突然、変な男たちが、村に乗り込んで来て、空き家を二束三文《にそくさんもん》で、買い取ったり、空き地に柵《さく》を作って、ヤギを飼い出したりしたりしたんですよ」

「つまり、移転の、補償金目当てに、集まって来たわけですね?」

「その通りです。われわれが文句をいうと、いきなり、ナイフを、振りかざして、脅《おど》かされたりしました。まあ、あれは、どこかの、暴力団でしょうね。補償が、始まると、私たちは、大人しく、ここに、移るように、したんですが、連中は、何といっても補償金が、目当てですから、いっこうに移ろうとしません。行政も、面倒くさいので、補償金の金額を、どんどん高くしていったんです。ですから、大人しく、ここに、移ってきたわれわれよりも、連中のほうが、高い補償金を、手に入れたんですよ。連中にしてみれば、ダムも、金儲けの一つの、手段なんでしょうからね。そんなことで、連中と、ケンカをして、ナイフで、刺されて大ケガをした人もいましたよ」

「その時、警察は、動いてくれなかったのですか?」

と、十津川がきいた。

相手が、笑った。

「ダムを、造るところといえば、山奥の人の少ない場所に、決まっているじゃありませんか。さっきもいったように、私たちが、住んでいたところも、過疎の村でした。そんなところでケンカになって、負傷したって、警察がわざわざやって来て、連中を、逮捕してくれたりはしませんよ。それどころか、私たちが、まるで、補償金目当てに、暴れているように、思われたりもしましたよ。そんなもんですよ」

十津川たちは、集まってきた、その集落の人たちに、用意してきた、顔写真を見せた。

「この人たちを、知っている人はいませんか？」

すると、横山弥生を、知っているという人が、二人、手を挙《あ》げた。

その二人が、こもごも、十津川に、横山弥生について、話してくれた。

「私たちの村の人じゃないけど、隣村に、たしか、この女性がいましたよ。隣村もやはり、補償のことでモメてましてね。さっきの人の話に、あったように、補償金を狙って、妙な連中も入って来て、おいしい話でだますんですよ。この辺の人たちは、あんまり、人を疑うことがないんでね。この写真の女性の両親も、連中にだまされて、手にした補償金を全部、まきあげられたって聞きましたよ。その頃、この人は、二十二、三歳じゃなかったのかな。二、三日して、連中の親分というのが、草津口駅の近くの畑の中で死んでたんですよ。警察の話じゃ、膀胱《ぼうこう》が、破裂して、あばらも折れてたって聞きましたよ。同じ頃、隣村のこの女性が、いなくなったというんで、親の仇《かたき》を討ったんだろうという、噂まで流れました。確か、彼女は、高校時代から、空手を習ってたというから、そういう噂になったんでしょうね。しばらく、警察が調べていたし、連中も、親分を殺されたっていうんで、血相《けっそう》変えて、走り廻《まわ》っていましたがね。重要参考人としての、手配にはならなくて、とうとう、この人は、見つからなくて、ザマアミロでしたよ」

その話が、本当かどうかは分からなかったが、十津川たちは、話の礼をいって、集落をあとにした。

待たせておいたタクシーに乗り、再び、吾妻線の沿線を走って貰《もら》うことにしたが、まず、川原湯温泉駅に行くことにした。

川原湯温泉駅周辺が、八ッ場ダム問題の中心になっていると、聞いたからである。

吾妻線は、ほとんどの区間が吾妻川に沿って走る。渋川から、急に吾妻川の渓谷《けいこく》が深くなる。その先、川原湯温泉駅のあたりまでが、関東の耶馬渓《やばけい》と呼ばれて、吾妻川の渓谷美のもっとも美しい所と、案内には、載っている。今も、遊歩道があって、渓谷美を楽しめるというが、地図を見ると、その中に、「八ッ場大橋」という名前が見えるから、その近くの地名が、八ッ場なのだろう。

川原湯温泉駅の前で、タクシーを降りた時、十津川は、ダム問題の大きさを実感した。

駅舎そのものは、小さく、古めかしいのだが、その駅舎を押し潰《つぶ》すように、背後の空間に、巨大なコンクリートの柱が立っていた。それも、一本ではない。その形は、なぜか両手を広げた巨大ロボットのように見える。八ッ場ダムが、完成したら、その柱の頂上まで、水没するのだろう。

当然、川原湯温泉駅も、吾妻線も、現在の場所から、移動することになるので、そのための新しい橋梁《きょうりょう》も出来上がっている。巨大なコンクリートの橋である。全てが、巨大である。

十津川は、駅から、歩いて十二、三分の川原湯温泉に行ってみることにした。

吾妻川に沿って、斜面にへばりつく感じの旅館街なのだが、今は、ほとんどの旅館が閉まっている。

そこにいた五十代の男が、磯村圭吾の名前を、覚えていて、十津川に、話を聞かせてくれた。二十年ぶりに、川原湯温泉に来たという。

「最盛期には、二十二軒もの旅館があったんですがね。今は、四軒だけです。ダム工事で、この温泉も水没するというんで引っ越したり、廃業したりしたんですよ」

と、男が説明してくれた。

「この温泉街に、磯村弁護士の事務所が、あったんですね？」

と、十津川が、きく。

「昔、温泉街に、不動産鑑定士の事務所があってね。吉田《よしだ》という年寄りの鑑定士がいた。そこで働いていた若い男の名前が、確かイソムラだった。年齢は二十歳《はたち》前後かな。もちろん、その時は弁護士なんかじゃない。爺《じい》さんの下働きってとこかな。真面目に働いていましたよ」

男は、なつかしそうにいい、言葉を続けて、

「この辺りには、金が落ちているという噂が、流れましてね。その匂いを嗅《か》ぎつけて、いろんな人間が、やって来ましたよ。テレビのレポーターもやって来るし、詐欺師みたいな奴も顔を出すし、暴力団だってやってくる。安かった土地が、急に値上がりするし、あの辺りはダムで水没するから、補償金が出るが、そのそばはダムに引っかからないから、出ないとか、無責任な話が飛びかったりしてね。そんなことは、設計事務所に聞けば、分かるはずなのに、設計事務所も信用できないとか、こういう問題に必ず顔を出す政治家がいて、その秘書が、どこそこの土地を買い上げた、みたいな噂まで流れたりしました。そんな時に、必死になって、土地の人たちの権利を守ろうとしていたのが、吉田さんでしたよ。若い磯村さんは、その吉田さんの手伝いをしていましたよ」

彼の話で、吉田という鑑定士は、少しばかり、足が不自由だったというから、若い磯村は、吉田の足代わりでもあったのかもしれない。

男の話は、さらに続いた。

「ダム工事を、金儲けのチャンスとしか考えない連中にとって、吉田さんは煙《けむ》たい存在だったんじゃありませんかね。吉田さんが、事務所で、死体で発見される事件が起きたんですよ。背中を二カ所も刺されて。警察は、最初、吉田さんの客の中に、犯人がいると思っていたようですが、そのうちに、磯村君が、姿を消していることに気付きましてね。それに、五十万円の現金が、なくなっていることも分かって、警察は、彼を第一容疑者にしたかったんですが、決め手がなくて。五十万円ですか？　実は前日、磯村君が、地元の銀行に一人でやって来て、吉田さんに頼まれたといって、吉田さんの通帳から、五十万円、下ろしていったんですが、その五十万円が、なくなっていたんですよ」

しかし、結局、警察は、どうしても、磯村圭吾の行方をつかめなかったという。

「あなたは、どうして、いろいろと、詳しいんですか？」

十津川が、きくと、男は笑って、

「こんな話は、みんな知っていますよ」

と、いった。

男が離れて行くと、十津川は、いった。

「この川原湯温泉は、源《みなもとの》頼朝《よりとも》が発見したとかいう、古い名湯《めいとう》なんだそうだよ。幸い、まだ四軒やっているというから、今日は、ここに泊まろうじゃないか」

「源頼朝ですか」

「そうだよ。鎌倉《かまくら》時代だから一千年近い歴史があるんだ」

十津川は、急に楽しそうな表情になった。

6

最後は、原田清之だった。

今までで、横山弥生と磯村圭吾については、何とか、情報が入った。ただ、原田清之の場合は、少し違っていることが分かった。

今まで小山警部が聞いたところでは、原田清之の住んでいた村は、ダムの建設に伴《ともな》って、消えてしまった。そこで、彼は仕方なく、本籍を、長野県長野市に移した。

こう考えれば、完全な被害者だが、消えてしまった、村の周辺で聞き込みをやったり、隣の集落に行って、話を聞いたりすると、次第に、原田清之の、本当の姿が、浮かび上がってきた。

八ッ場ダムの話が、持ち上がった頃、原田清之の父親は、村長を、やっていた。原田清之自身は、高校を、卒業するとすぐ、家を飛び出して、大阪に行き、大阪では水商売に身を置いていたという。

原田が、大阪から村に戻って来ると、父親は、認知症が、だいぶ進んでいた。が、原田は、勝手に村長の代理を名乗り、ダムの補償問題で、揺れている村のために働きたいと、いいながら、その裏で、土地の買い占めをやっていた。

大阪で、水商売をやっている時に知り合った暴力団の組員を何人か、呼び寄せて彼らを使って、泣き落としや脅かしを、交《まじ》えながら、土地を安く、買い叩いていったのである。もちろん補償金目当てである。

やがて、父親が村長をやっていた村が、水に沈む時になると、原田は、サッサと懐《ふところ》にした大金を、持って村を離れ、静岡県の清水に行って、そこで、コンビニの店を自力で開き、敏江と結婚した。

今でも、原田清之のことを、恨《うら》んでいる元村人も、決して少なくないという。

7

この日、三人は、軽井沢《かるいざわ》まで、タクシーを飛ばし、そこのホテルに、泊まることにした。ホテルで少し遅い夕食を取った後、三人だけで、捜査会議を、開いた。

「私は、少しばかり、困っています」

静岡県警の小山が、真っ先に、口を開いた。

「原田清之のことですね？」

と、十津川が、応じた。

「そうです。前の二人、横山弥生と磯村圭吾は、どちらかといえば、八ッ場ダムの犠牲者といってもいいと、思うのです。しかし、原田清之は、違っていました。彼は、明らかに、加害者です。被害者二人と、加害者一人です。それなのに、どうして、原田清之は、被害者の二人と、同じように、殺されてしまったのでしょうか？　同一犯人だとしたら、どうして、ダムの被害者と、加害者を殺したんでしょうか？　今までは、原田清之も、妻の敏江も、ダム工事の被害者だと思っていましたから、同一犯人でも、当たり前だろうと考えていたんです。それが狂ってしまって、少しばかり、参っています」

「分かりますよ」

と、十津川が、いうと、亀井が、

「ひょっとすると、同一犯人じゃないのかもしれないですね」

「いや、それでも、私は、同一犯人だと思っていますよ」

と、十津川が、いった。

「どうしてですか？」

と、小山がきく。

「第一に、一週間おきに、殺人が行なわれているからです。五月十日、十七日、二十四日と、犯行の行なわれた日は、曜日でいえば、全て水曜日です。このことから考えて、犯人は、おそらく、水曜日だけ自由に動ける、そんな生活を、送っている人間に思えます。もし、犯人が、別人だとすると、水曜日だけ自由に動ける人間が、二人もいることになってしまいます。これは少しばかり考えにくい。もう一つは、犯行の手口が、三件とも違っているからです」

「しかし、犯行のスタイルが、違うことは、別人による、犯行だという証明にもなるんじゃありませんか？」

「常識的に考えれば、その通りです。今回の一連の殺人は、ナイフによる刺殺、毒殺、そして、銃を使った殺人です。関連する、二つの殺人があって、犯人が、二人いるとすると、二人目の犯人は、前の犯人が、殺したのと、同じ方法で、次の相手を、殺せば、同一犯人による犯行と、思われて、自分は容疑の圏外にいられます。それなのに、今回の犯人は、そうしていません。今もいったように、三回とも全く、違った方法で四人を殺しているのです。まるで、犯人は、一人ではない。二人も三人もいるんだと思わせるやり方です。そうなれば、警察は、犯人が複数と考えて、犯人に、有利になってきます。それで、犯人は、同一人物で、それをかくすために、わざと違った方法で四人を殺しているのだと、私は考えるのです」

と、亀井が、いった。

「私には、心配なことが、一つあります」

「それは何だね?」

十津川が、促《うなが》すと、亀井は、言葉を続けて、

「一週間おきに、三人の人間、いや、四人の人間が、殺されました。犯人は、さらに、今後も、人殺しを続けるんでしょうか? それが心配です」

十津川は、小山警部に向かって、

「小山さんは、今の亀井刑事の不安をどう思われますか?」

「そうですね」

と、小山がゆっくりと答える。

「もし、同一犯人だとすれば、五月十日から、二十四日までの間に、四人もの人間を続けて殺しているのです。それを考えると、五人目、六人目と、続けて殺す可能性は、あると

思いますね。変ないい方かもしれませんが、犯人は、人殺しに、慣れてきているはずです」

と、小山が、いった。

「今後も、さらに、殺人が続くだろうと、小山さんは、考えているわけですね？」

「そうですね」

と、小山が、いった。

「問題の八ッ場ダムに絡んで、たぶん、被害者、加害者が、ほかにも、何人もいると思うのです。八ッ場ダムの建設が推進されたおかげで、損をした人間も、いるでしょうし、逆に、得をした人間も、いる。その上、ダム建設が、何十年も、もたついているので、今まで、協力してきた人たちも、イラついているのではないでしょうか？　そんなことを考えると、五人目、六人目の犠牲者が、出ても、決して、おかしくはないと思います」

第三章　ファンクラブ

1

小山警部が、朝から、静岡県警本部と電話しているので、十津川は亀井と、先に一階の食堂に行き、朝食をとることにした。

ブュッフェ・スタイルである。

十津川は、入り口におかれた新聞をとり、食事をしながら、記事に、目を、やった。

「カメさん、八ッ場ダムのことが、新聞に載っているよ」

と、十津川が、いった。

「どんな記事に、なっているんですか？」

「予想が二つ載っている。一つは、八ッ場ダムというのは、一九五二年に計画が立てられて、一九八六年に、完成する予定だった。ところが、工事が延々と延びて、二〇〇九年には、一時、建設が中止された。そしてまた、二〇一一年に、建設が、再開された。こうした長い歴史を見ていくと、はたして、近い将来に完成するのかどうか、さらに、また長い時間がかかってしまうのではないか、そんな否定的な予想が一つ。もう一つは、経費の問題が書いてある」

「たしかに、経費は、まだまだ、かかりそうですね」

「現在、総事業費を、四千六百億円と見ているが、どう考えてみても、それだけでは、足りない。さらに経費が増えるのではないか？　早くも、八十七億円が新たに計上されているが、これだけで足りるとは、とても思えない。おそらく、予定よりもさらに数百億円、経費が、膨《ふく》らむのではないかと書いてあるよ」

「私も、その記事に同感ですね。現地を見ていますから。完成までには、今までよりも、これからのほうが、いろいろと、経費がかかるんじゃありませんかね」

と、亀井が、いった。

「ダムの目的が、次々に変わっているからね。また多くの予算を食い散らす結果になるんじゃないかね」

「ただ、われわれにとっては、捜査が進む方向になるかもしれませんよ」

と、亀井が、いう。

「どういうことだ？」

「八ッ場ダムに絡んでというか、吾妻線に沿《そ》ってというか、今までに三件の殺人事件が起きています。動機はまだ分かりませんが、八ッ場ダムに、また大きな予算が、注《つ》ぎ込まれるとすれば、同じような事件が新たに起きる可能性があるような気がするんです。そうなれば、捜査が進む可能性も出てくるんじゃありませんか？」

「たしかに、カメさんのいう通りかもしれないな」

十津川が、いった時、小山警部が、おくれて、食堂に入ってきた。

十津川が、手を挙《あ》げて迎えると、小山が寄ってきて、

「今、県警本部から電話がありまして、事件が新しい進展を見せたので、すぐに、帰って来いというのですよ。十津川さんと、一緒に食事をしたいと思っていたんですが、残念です」

と、いって、慌《あわ》ただしく、食堂を出ていった。

亀井は、食事の後の、コーヒーを飲みながら、

「小山警部は、新しい進展があったといっていましたね？」

「そうだな」

「ひょっとすると、今、警部が読んでおられた新聞記事に、関係があるんじゃありませんか？　ダム建設の再開に伴って、工事費がどんどん増えていくことと、事件の新しい進展は、何か、関係があるような気がしますね」

「その点は、同感だ」

十津川は、腕時計に目をやった。

「われわれも、東京に、帰ろうじゃないか。東京の事件でも、新しい進展が、あるかもしれないから」

2

朝食を済ませると、十津川たちも、ホテルを、チェックアウトし、東京に帰ることにした。

捜査本部に、顔を出すと、十津川たちの予想が、少しだが、当たっていることが分かった。

五月二十四日に、隅田公園で射殺された磯村圭吾弁護士の勤務する事務所を、再度調べていたところ、机の横の壁にかかるカレンダーの裏に、太いマジックで、

「八義《やぎ》建設連合」


と、殴《なぐ》り書きされているのが、発見されたのである。

社長の名前も、電話番号も、ファックス番号も、書いてないので、八義建設連合という会社が、どんな会社なのか、分からなかった。

そこで、十津川は静岡県警の小山警部に、電話をした。

「今朝、捜査に進展があったと、いわれましたが、どんな進展だったのですか？　よかったら教えてくれませんか？」

「これが本当の進展かどうかは、分からないんですが、殺された原田夫妻の銀行口座に去年の十月、三百万円の、振り込みがあったんです。その振込元が、分かったんです」

「誰が振り込んだんですか？」

「八義建設連合となっていましたが、いったい、どんな会社なのか、原田夫妻と、どんな関係にあるのかは、まだ、分かりません」

と、小山が、いった。

十津川は、

（やはり、そうか）

と、思いながら、

「実は、東京で殺された、磯村弁護士の勤める事務所を、もう一度、調べてみました。例の五月三日の、急な休暇については、知人の葬儀だと分かりました。磯村は、一日中、そちらにかかりきりだった、と裏が取れました。東京スカイツリーで、横山弥生らしき女性と目撃されたというのは、他人の空似《そらに》だったかもしれないと、女性事務員がいいはじめました。ところが、机の横のカレンダーの裏側に、殴り書きの感じで、八義建設連合という言葉が書かれていたんです。住所も電話番号も、書いていないので、どんな会社か分かりませんが、こちらの捜査で、何か問題のありそうな名前が出てきたのは、この八義建設連合が初めてです。そちらでも同じ名前が出てきたとなると、長野の殺人事件でも、八義建設連合という名前が出てくる可能性がありますね。もし、長野でも八義建設連合という名前が出てくれば、三つの殺人事件は、確実につながることになります」

と、十津川が、いった。

その後、問い合わせていた、長野県警の佐伯警部から、電話が入った。

「横山弥生の周辺を、調べましたが、八義建設連合の名前は、今のところ出てきません。ただバッジが、見つかりました」

「どんなバッジですか?」

「吾妻線ファンクラブのバッジです。今から十二年前の、日付になっていますから、横山弥生が、まだ、群馬県の吾妻線の近くに住んでいた頃に手に入れた、バッジではないかと思います」

「どういうバッジなのか分かりますか?」

「十二、三年前に、吾妻線の沿線に住んでいる人たち、特に若い人たちの間で、吾妻線を、守ろうという動きがあり、その人たちが作ったバッジのようですね」

「吾妻線を守ろうという人たちの集まりですか?」

「そのようです。当時、八ッ場ダムの計画が進行中で、JR吾妻線も、路線が変わったり、駅が、変更になるといった計画があった頃だと思いますね。周辺に住んでいた若い人たちが、八ッ場ダムの計画によって、いつも、自分たちが利用している吾妻線の路線が、変なふうに曲げられてしまうのではないかと思い、ファンクラブを結成して、反対運動をしたんだと思います」

佐伯は続けて、

「明日、向こうに行って、吾妻線ファンクラブの人たちが、今もいるのか、どうしているのかを、調べてきたいと思っています。何か分かったら、すぐ連絡しますよ」

3

十津川は、大学時代の同窓生で、現在、中央新聞の社会部にいる田口《たぐち》に、電話をした。

「君のところに、例の八ッ場ダムについて、取材している記者がいたら、ぜひ、紹介してほしいんだ」

「事件なのか？」

田口が、きく。

十津川は、事件については、いわず、

「実は、私を含めて、うちの刑事たちの中には、八ッ場ダムについての知識を、持っている者がいないんだ。八ッ場ダム計画のことや、現在の状況について、レクチャーをしてもらいたいんだよ」

と、いった。

その言葉を、田口が信じたかどうかは分からない。

「それじゃあ、一人、適当な記者がいるから紹介する。今夜、夕食をとりながら、彼から聞けばいい。その代わり、夕食は、君のおごりだぞ」

田口が、いった。

十津川は、新宿《しんじゆく》西口にある中華料理の店に、夕食を予約し、中央新聞の田口たちを、招待した。

田口が、同じ、四十歳くらいの佐々木《ささき》という記者を、連れて来て、十津川と亀井に紹介してくれた。

佐々木記者は、

「もう十数年にわたって、八ッ場ダムの取材をしていますよ」

と、いう。

十津川は、最初は、わざと、八ッ場ダムの話題には触《ふ》れず、食事が、中程まで済んだところで、佐々木記者に、質問をぶつけた。

「八義建設連合という名前を聞いたんですが、八ッ場ダムと、何か、関係のある会社ですか？」

十津川の質問に、佐々木記者が、ニヤッと笑った。

「トンネル会社ですよ」

「ダム建設に、トンネル会社が、必要なんですか？」

「もちろん、必要だったからこそ、作ったんでしょうね」

「よく分からないのですが、どうして、そういうことになったのかを、説明してもらえませんか？」

十津川が、いった。

「これは、あくまでも、噂ですから、本当かどうかは、分かりません。そう思って、聞いてください」

と、佐々木が、いった。

「ダムの建設が決まると、公団は、建設会社を決めていきます。公団は、もちろん公明正大な入札《にゅうさつ》によって、決めたといいます。たしかに、経験のある大手の建設会社が、ダム建設を、請《う》け負いました。しかし、入札に外れた業者からは、必ず、この入札には裏がある。賄賂《わいろ》が利《き》いたのではないかとか、最初から、業者は、決まっていたんじゃないかとか、そういう噂が流れます。今回のダム工事では、そうした噂が出ることを嫌って、公団が、八義建設連合に、一括《いっかつ》注文を出し、それを、八義建設連合が各建設会社に、入札で、配分したことになってるんです」

「じゃあ八義建設連合という会社は、実在しているわけでしょう？」

「しかし、実体のよく分からない、トンネル会社ですよ。ある人は、たしかに、あったといい、別の人は、そんな会社は、なかったといいます。そんな実体のはっきりしない会社に、公団が、ダム建設を依頼するわけですよ。その頃は、八義建設連合は、建設会社の連合体だったといわれ、だから、公団が一括注文を出したというわけです。その連合体が、各建設会社に配分する。関係のある建設会社が、結局、ダム建設を、請け負うことになります。つまり、公団がいうように、公明正大な入札制度で選んだ建設会社が、請け負うことになるんですよ。しかし、どういう方法で選ばれたのかは、いくら調べても、はっきりしないのです。公団は、ちゃんと入札制度で決めたというし、このトンネル会社を、通して決めたのかは、分かりません。何しろ、六十年も前に計画された事業ですからね。責任者はほとんど辞《や》めています」

「しかし、いくらトンネル会社だといっても、一応、会社としての、組織にはなっているんでしょう？　そうでなければ、誰も、問題にしないでしょうから」

と、亀井がいった。

「もちろん、一応、組織としての体《てい》は、成しているんですよ。だから、社長もいます」

「その社長も、架空《かくう》の人間ですか？」

十津川が、きいた。

「いや、登記《とうき》上は別の人物ですが、取りしきっていると思われるのは、大河内《おおこうち》昭《あきら》という男です」

と、佐々木記者が、いった。

「大河内昭？　どこかで、聞いたことのある名前ですね」

「以前に、経済事犯で逮捕されたことがあります」

と、佐々木が、いった。

田口が、それに付け足すように、

「ダム工事とか、原発の設置問題とかになると、大きな金が、動くからね。そうなると、大河内昭のような人間が、必ず出てくるんだ」

「この大河内昭というのは、どんな男ですか？」

十津川が、佐々木に、きく。

「たしか現在六十歳の筈《はず》です」

「年齢が合いませんね」

「以前、大河内太郎《たろう》という男がいましてね。怪物といわれていました。儲け話には、必ず顔を出していて、しかも逮捕されない。今の大河内は、その二代目です」

「息子ですか？」

「いや、秘書だった男が、婿《むこ》になったんです。先代が亡くなる寸前にです。日本の役所とか公団なんかは、面倒な事件、あるいは、マスコミが大きく取り扱うような事件になると、自分たちが、叩かれるのが嫌なものだから、大河内のような便利屋に、頼むんです。うまく処理して貰《もら》って、役所や公団は、傷つかなくて、済むわけですよ」

「しかし、そのための金は必要なわけでしょう?」

亀井が、きいた。

佐々木が、笑った。

「もちろん、タダじゃ動きませんよ。というよりも、かなりの金額が、保証されなければ、連中は、何もしてくれませんよ。ダムの建設とか原発の設置という大きな事業になると、さまざまな形の経費が出るんです。名目だけでは、内容は分かりません。騒音対策費が大河内のような人間に払われているかもしれません。そんなことには一般の国民は関心がありませんから、いくらでも、払えるんですよ。逆にいえば、それだからこそ、大河内のような便利屋が、出てくるんだし、トンネル会社も、生まれるのです」

「大河内昭という男には、どこに行けば、会えますか?」

十津川がきいた。

「千代田区《ちよだく》平河町《ひらかわちょう》に、AKビルという雑居ビルが、あります。大河内は、その中で、経営コンサルタントの事務所を、やっていますよ。たまたま、一週間ほど前に、彼と会ったので、八ッ場ダムについて聞いてみました。そうしたら、あのダム工事には、自分は全く関係していないし、八義建設連合のことも知らないと、いっていましたね。まともに質問しても、向こうは、何も知らないと否定しますよ」

と、佐々木が、いった。

「大河内昭という男は、危険ですか？」

と、亀井が、きいた。

佐々木は、田口と、顔を見合わせてから、

「私は何回か、大河内昭に会っていますが、頭の切れる人間だという印象を、持っています。暴力的な印象は、あまり受けませんね。ただ、どこか、冷たいところがあります。表面は笑っていても、裏では笑っていない。そんな、ちょっとばかり不気味な感じのする男です」

「大河内昭には、側近のような人間は、いるんですか？」

十津川が、きいた。

「何人かいますよ。まあ、彼についていれば、金儲けができると思ってくっついている人間が、ほとんどだと、思いますがね」

最後に、田口が、十津川に、

「何かの殺人事件に、大河内昭が、関係しているのか？」

と、きく。

十津川は、笑った。

「そんなことは、全く、関係ないよ。大河内昭とも、八義建設連合という、君のいうトンネル会社とも関係ないことで、調べているんだ」

4

十津川は、翌日、亀井を誘って、

「大河内昭に、会いに行ってみよう」

千代田区平河町。実際、そこに行ってみると、近くには、霞《かすみ》が関《せき》の官庁街があり、国会議事堂、衆参の議員会館、そして、やたらに、財団法人の看板を、掲《かか》げたビルが目につく。

周辺のビルを眺めていると、大河内昭という男の立っている場所が、何となく、分かるような気がした。

問題のＡＫビルは、十二階建ての、古い雑居ビルである。その一階に、「大河内経営コンサルタント事務所」の看板がかかっていた。

あらかじめ、電話をしておいたので、大河内昭とは、所長室で、会うことができた。

小柄だが、目つきの鋭い男だった。たしかに、佐々木記者が、いっていたように、暴力的な感じはなく、この男が、悪人だとすれば、罠《わな》を仕掛け、頭を使い、理論と理屈で、相手を追いつめていく、そんなタイプに見える。

事務所には、四、五人の所員がいて、その中の若い女性が、茶菓を、出してくれた。

そのお茶に口をつけてから、十津川は、

「経営コンサルタントのお仕事は、お忙しいですか？」

「まあ、何とか、やっています」

大河内は、微笑しただけだった。

「われわれは、東京で起きた殺人事件の捜査に、当たっています。殺されたのは、磯村圭吾という、四十歳の弁護士です。この弁護士は、現在、問題になっている八ッ場ダムの建設に、関係していたと思われるのですが、大河内さんは、八ッ場ダムの建設に関係している、あるいは、過去に関係されたことはありませんか？」

「いや、昔も今も、私は、八ッ場ダムには、関係しておりません」

「八ッ場ダムというのは、何十年も前に、計画が持ち上がって、一度、建設中止が、決まりながらまた再開されましたが、こんなことで、うまくいくんでしょうか？」

十津川が、きくと、大河内は、笑って、

「私は、八ッ場ダムとは、何の関係もないと、今、申し上げたはずですよ」

「ええ、それは、分かっていますよ。ただ大河内さんは、経営コンサルタントを、やっておられる。専門家の目で見てどうなのかと、思って、お聞きしたんですが」

「そうですね、一度、中止を決めた後、また再開したとなると、問題が多くなって、なかなか、うまくいかないものですよ。悪くすると、ただの金食い虫になる可能性もありますね」

と、大河内が、いった。

「そうですか、経営コンサルタントの大河内さんから見て、あのダムは、金食い虫に終わるおそれがありますか？」

十津川が、いうと、大河内は、また笑って、

「繰り返しますが、私は、あのダム工事とは、何の関係も、ありませんよ。ただ、ほかにも、似たような工事を沢山《たくさん》見てきましたから、その目で見ると、一度中止が、決まると、なかなか、取り返しが利かないものです。最初の熱意が消えますからね。それでも、政府や公団は、意地になって、資金を注《つ》ぎ込みます。それで、多くが、金食い虫で終わってしまう。そうはいっても、案外、成功するかも、しれませんがね」

「実は、先日、吾妻線に乗って、現場周辺を見てきました」

十津川が、いった。が、大河内は、黙っている。

「たしかに、計画が生まれてから、長い時間が経過していますから、すでに、移転してしまった集落もありますし、長野原草津口の駅前にあった商店街も、消えてしまっていました。ダムの中心といわれる川原湯温泉ですが、二十二軒あった旅館のうち、ほとんどの旅館が、移転するか、旅館をやめてしまっています。そんな具合で、活気がありませんね。これからダム建設が進むわけでしょうが、工事にも勢いがない気がしました」

「そうですか」

と、大河内は、いっただけだった。

最後に、十津川は、八義建設連合の名前を出してみた。

すると、大河内が、また笑った。

「なぜか、私と、その会社を結びつけようとする人が、いるのですが、私は、そういう得体の知れない会社は、嫌いですよ」

「どうして、八義建設連合と大河内さんを結びつけようとする人が、いるんでしょうか？」

亀井がきく。

「さあ、どうしてですかね。それは、私にも分かりません」

大河内は、今度は、笑い声を立てた。

5

十津川は、事務所を出たが、ビルの外に出ると、通りを渡ったところで、足を止めた。

物陰《ものかげ》に、隠れてから、持ってきたデジタルカメラを、亀井に渡した。

「しばらく、ここで様子を見よう。もし、あの大河内昭があわてて出てきたら、写真に撮るんだ。それから、あの事務所には、女性一人と、男四人の事務員がいた。もし、彼らのうちの誰かが、出てきたら、それも写真に、撮ってくれ」

と、十津川が、いった。

「出てくるでしょうか?」

「われわれは、警察の人間だよ。刑事が来たというので、動揺しているかもしれない。その反応を知りたいんだ」

と、十津川が、いった。

二人は、じっと待った。

三十分、四十分と、時間が経《た》つが、誰かが、出てくる気配は全くない。

諦《あきら》めかけた時、ビルの入り口から、見覚えのある顔の、若い男が、出てくるのが見えた。

間違いなく、あの事務所にいた男の一人である。

男は、小走りに出てくると、近くの駐車場から、シルバーメタリックのベンツを運転して、ビルの入り口まで、戻ってきた。

それを、待っていたように、今度は、大河内昭が、女性の事務員を、一人連れて、ビルから出てきて、ベンツに、乗り込んだ。

ベンツが、走り去る。

そうした一部始終を、亀井が、カメラで撮りまくった。

「やっぱり動き出しましたね」

と、亀井が、いう。

「そうだな」

「分かっていたら、車で、尾行するんでした。それが残念です」

「まあ、今日のところは、これでいい。こちらの想像が、当たっていて、それで、動き出したのだとすれば、彼の行き先は、たぶん吾妻の、どこかだろう」

と、十津川が、いった。

二人は、間を置いて、大通りを渡っていった。

再びＡＫビルの中に入った。一階で、コンサルタント事務所のドアを、二人の男の、事務員が、閉めようとしていた。

十津川は、声をかけた。

「聞き忘れたことが、あったので、戻ってきたんですが、大河内所長は、いらっしゃいませんか？　どちらかに、お出かけになりましたか？」

「所長は、ちょうど今、出かけたところです」

と、片方の事務員がいう。

「大河内所長は、どちらに、行かれたのか、分かりませんか？」

と、十津川が、きく。

「分かりません」

もう一人の事務員が、いう。

十津川は、少し相手を脅かすことにした。

「知っていないとなると、あなたは、公務執行妨害になりますよ。実は、大河内さんに、捜査本部への、出頭要請が出ているんです。どうしても、教えてもらえないということなら、令状を取ってきて、この事務所の中を、隅から隅まで、ひっくり返して、徹底的に、調べますよ。それでもよろしいですか？」

困ったことになったという顔で、二人の事務員が、小声で、話し合っている。

そこへ奥から、三人目の事務員が出てきた。この中では、いちばんの、年配者らしい。

「どうしたんだ？」

と、若い事務員に、きく。

聞かれた、若い男は眼で、十津川を指《さ》して、

「刑事さんは、所長の行き先を、聞いているんです。所長に、捜査本部への出頭要請が出ているとかで、行き先を教えなければ、令状を取ってきて、この事務所の中をひっくり返して、調べると、いっているんです」

と、訴えている。

年かさの男は、

「刑事さんたち。所長の行き先は、群馬県の吾妻ですよ」

とあっさりと、いった。

「何のために、所長さんは、吾妻に行ったんですか？」

「所長から、何も聞いていないので、そこまでは、分かりません。うちの所長は、鼻が利

きますから、向こうに行けば、何か、面白いことがあると思って、出かけていったんじゃありませんか」

「それは八ッ場ダムのことですね？」

「いや、それは分かりません。所長は、こういう時には、われわれにも黙って、勝手に、動きますから」

と、いってから、その男は、若い二人の事務員に、声をかけた。

「鍵をかけたら、もう、帰ってもいいぞ」

二人の若い事務員が、鍵をかけて、帰っていく。

続けて、帰ろうとする年配の事務員を、十津川は、手で止めて、

「本当なら、大河内さんに、お聞きしたいのだが、いらっしゃらないのなら仕方がない。あなたに答えてもらえませんか？」

「困りましたね。今もいったように、うちの所長は、われわれにも、内緒で、動き回ることが多いですからね。分からないことを、私に聞かれても困りますよ」

「われわれは今、殺人事件を、追っています」

改めて、十津川が、いった。

「それは、所長から、聞きましたよ」

と、相手がいう。

「その捜査の過程で、八義建設連合という名前が、出てきているのです。ただ、どんな建設会社なのか分からなくて、困っているのですよ。それでお聞きするんですが、八義建設連合という名前を、聞いたり、所長の、大河内さんが口にしたり、あるいは、その名前を、書いたものが、あったりとか、そういうことは、ありませんか？」

「残念ながら、全く知りませんね。所長から、そんな名前の建設会社のことを、聞いたこともありません」

「この八義建設連合は、怪しげなトンネル会社だそうですよ。そう聞いても、見たことも、聞いたことも、ありませんか？」

「ええ、残念ながら、見たことも、聞いたこともありません」

「しかし、さっき、大河内所長は、吾妻に行ったといわれたじゃ、ありませんか？」

「たしかにいいましたが、それが、どうかしましたか？」

「実は、八義建設連合の、知られざる実体は、吾妻に、あるんじゃないか、あったんじゃないかと考えているんです。トンネル会社だから社員も少ないと思いますが、吾妻のどこかに、この名前を使った、架空の会社があるんじゃないか？　それも分かりませんか？」

「何回も申し上げますが、そうした建設会社の名前には、全く、聞き覚えがないんですよ。もちろん、所長の口から、その名前が、出たこともありません」

「大河内さんは、このＡＫビルに、経営コンサルタントの、看板を出していますね？　今、どんな、コンサルタント業務をやっているんですか？」

「そういう、細《こま》かいことは、私からは、お話しできません。申しわけないが私は、これから、用事があるので、失礼しますよ」

　十津川が、止める間もなく、相手はビルを飛び出して行った。

「どうしますか？　尾行しますか？」

　と、亀井が、いう。

「いや、今は、放っておこう。どうせ、われわれのことを、大河内所長に、知らせるつもりだろう」

「では、どうしますか？」

「取りあえず、いったん、捜査本部に帰ろうじゃないか」

　と、十津川が、いった。

6

捜査本部に戻ると、それを待っていたように長野県警の佐伯警部から電話が入った。

「吾妻線ファンクラブの件ですが、今、そのことで、高崎に来ています」

と、佐伯が、いう。

「吾妻線の沿線を、歩きながら、聞き込みをやってみたのですが、われわれの想像は、間違って、いませんでした。吾妻線の沿線に住む少年や少女たちはみんな、この電車を使って、高崎の中学や高校なんかに、通っていたんだそうですが、いろいろな噂が、流れたらしいですね。ダム建設のために吾妻線が廃線になってしまうらしいとか、あるいは、現在走っているところではなく、全く別のところに線路が動かされてしまうんじゃないかとか、さまざまな噂が流れたそうで、吾妻線を通学や通勤に使っている人たちの間から、自然発生的に、吾妻線ファンクラブが、生まれたそうです」

「陳情《ちんじょう》もしたんですか？」

「今までの線路を、違う場所に持っていかないでくれとか、駅は絶対に小さくしないでくれとか、廃駅にしないでくれとか、そういう陳情だったみたいですよ。川原湯温泉駅などは、計画通りならダムの底に、沈んでしまいますからね。それを、ファンクラブの連中は心配して、駅の場所は引っ越しても、仕方がないが、絶対に、川原湯温泉駅は、残してくれ、そんな陳情も、したといいます。ところが、吾妻線ファンクラブのいうことを、ほとんど聞いてくれない。連中は、十人ばかり集まって、川原湯温泉駅の存続運動を、やったともいいます。川原湯温泉駅前で、なるべく、吾妻線の路線を、変えないようにというビラを配ったりもしたそうです」

「それで、どうなったんですか？」

「その運動の途中で横山弥生は、何かがあって、群馬県から、長野県に逃げてきたが、やがて、殺されてしまった。そんな感じがするんですよ」

「なるほど。しかし、単なるファンクラブなら、長野に逃げたり、殺されたりはしなかっただろうと、思うのですが、その点は、どうですか？」

と、十津川は、きいてみた。横山弥生の、両親から補償金をまきあげた連中の、親分が殺された事件が関係するのかもしれないと、考えていた。

「吾妻線ファンクラブの面々ですが、横山弥生のような、当時十七、八歳の高校生もいれば、サラリーマンやＯＬもいたそうです。その、大人たちの中には、ＪＲ吾妻線の存続を、役人なんかに、陳情したってダメだ。実際に、工事の実権を、握っている人間なり組織があるはずだ。それを見つけて、陳情したほうが、効果がある筈だといい出す者が出てきたんだそうです。そのつもりで調べているうちに、会員の一人が、どうも、ダム工事の裏で、大河内昭というコンサルタントと八義建設連合という会社が実権を握っているらしいといい出しましてね。大河内というコンサルタントの住所を調べて、陳情の手紙を、書くことにしたそうです。ところが、そのあとで急に、会員たちが、車に轢《ひ》かれそうになったり、自分の車に乗ろうとしたら、エンジンが、壊《こわ》されていて動かなかったりしたそうです。それで、会員たちは、怖《こわ》くなって陳情を止めたり、横山弥生のように、群馬県から、長野県に逃げたりしたそうです」

「吾妻線ファンクラブでも、大河内昭とか、八義建設連合が出てきたんですね？」

「名前は出てきたんですが、八義建設連合のほうは、調べてみても、なかなか実体がつかめないんだそうですよ。ダム建設に絡んで、八義建設連合という名前が浮かんできたという人もいれば、全く浮かんでこなかったという会員もいたそうです。この会社について調べるのは、簡単ではないと思いましたね」

「実は先ほど、東京にある、経営コンサルタントの事務所に、行って、所長の大河内昭に会ってきました」

「それで、何か、分かりましたか？」

「本人は、こちらが、いくら聞いても、八ッ場ダムに関係したことがない。八義建設連合という会社のことも、全く知らない。全否定ですが、逆にいえば、何か関係があるからこそ、否定するのだろうと、考えられないこともないのですが、マスコミでも、八義建設連合という会社は、実体がよく分からないという人が、いましてね。よほど覚悟を決めて当たらないと、実体は、つかめないかもしれません」

と、十津川は、いった。

7

このあと、十津川は、静岡県警の小山警部に電話をかけた。情報は共有したいと思ったからだ。

大河内昭という男についての、あるいは、八義建設連合というトンネル会社についての話を、そのまま伝えた。

十津川の話を、黙って聞いていた、小山警部は、

「これは、何かありますね」

「私も、間違いなく、何かあると思っているのですが、それを証明するのが難しいんです

よ。誰もが否定しますから。本当に、何もなかったのかも、しれませんし。ただ、ダム建設に群がった人間たちが、勝手に幻影《げんえい》に踊らされて、右往左往《うおうさおう》していただけなのかもしれません。本来なら、何事も起きなかった筈なのに、殺人事件が、起きてしまった。もしかすると、そんな答えになるかもしれません」

「それでも、調べる価値は十分にありますよ」

強い口調で、小山が、いった。

翌日、十津川は、大河内昭が慌てて、自家用車のベンツに乗って、出かけるところを撮った、何枚かの写真を、大きく引き伸ばし、それを持って、捜査会議に、出席した。

まず、三上本部長が、口を開いた。

「今後の捜査については、十分に注意して、進めてほしい。八義建設連合というトンネル会社や、その会社の実質的な社長をやっていたという、大河内昭が、八ッ場ダム建設に、関係しているという証拠は、今のところ全くない。公団や、国土交通省でも、大河内昭は、ダム建設と関係ないといっている。現在、ダム建設を請け負っている、いくつかの建設会社も、否定している。したがって、捜査は慎重にやってほしい。大河内昭という、今のところダム建設とは、何の関係もない人間を、あたかも、関係があるかのように思い込んで、捜査を進めたりすれば、後になって困ったことになる。そのことをよく考えて、慎重に、捜査を進めてほしい」

それに、続けて、十津川が、発言した。

「今、本部長が、いわれた通りだ。先日、私は亀井刑事と平河町にある、大河内昭の、事務所を訪ねていき、大河内に会った。いろいろと質問をしたが、八ッ場ダムとの関係は、いずれも全否定している。今のところ殺人事件に、大河内が関係しているという証拠は、何一つ、見つかっていないんだ」

十津川は、三田村《みたむら》と北条《ほうじよう》早苗《さなえ》の二人に目を向けた。

「そこで、これからの、捜査だが、私は、それでも、大河内昭が、八ッ場ダムの建設現場に行ったと、見ている。何年も前に大河内昭が何をしたのか？　そして、今、何をしようとしているのか。それをこれから、三田村刑事と、北条早苗刑事の二人に、向こうに行って、調べてほしいのだ。私と亀井刑事では、大河内昭に、顔を見られているからね」

その日の中《うち》に、三田村刑事と、北条早苗刑事の二人は、上野駅から、吾妻に向かった。

8

上野駅から特急「草津」に乗った、二人の刑事のポケットには、亀井刑事が撮った写真が収まっていた。

大河内昭の顔写真と、同行していると思われる、男女の部下の写真である。

それに、大河内昭が乗っているシルバーメタリックのベンツのナンバープレートを主に撮った写真。

二人は特急「草津」を、川原湯温泉駅で降りると、片っ端から、持参した写真を見せて廻った。

駅近くの、駐在所の巡査に見せると、あっさりと、

「このベンツでしたら、間違いなく、見ていますよ」

と、いう。

「間違いありませんか？」

「この辺では、珍しいシルバーメタリックのベンツだったのと、東京ナンバーだったので、覚えているんです」

「そのベンツだが、どっちの方向に行きましたか？」

三田村が、きいた。

「吾妻川沿いの道路を、走っていきました。行き先は、草津口の方向です」

「そのベンツを、目撃したのは、何日の何時頃でした？」

早苗が、きいた。

「たしか、昨日の、午後五時頃だったと思います」

と、巡査が、いった。

三田村と、北条早苗は、駅の近くで、レンタカーを借りると、駐在所の巡査が示した方向に、向かって、車を走らせた。

長野原草津口駅に行く途中で、手打ちそばの看板を立てた店があったので、そこに入ってきくと、間違いなく、昨日の午後五時過ぎに、写真の男、つまり、大河内昭が、立ち寄って、上天丼を注文したと、店員が、いった。

「ほかに、誰か、一緒じゃなかったですか?」

と三田村がきいた。

「若い女性が一緒でしたね。ほかに、運転手がいたようですが、運転手は、店には入ってきませんでした」

と、店員が、いった。

「この二人ですが、何か、話していませんでしたか?」

「話はしていませんでしたが、年長の男性は、しきりに、携帯電話をかけていたのを、覚えていますよ。ただ、声は聞こえませんでした」

と、店員が、教えてくれた。

9

長野原草津口駅が見えてきた。

三田村と北条早苗は、念のために、レンタカーを降り、駅長に話を聞いてみたが、大河内たちは、ここには寄っていなかった。

さらに進むと、建設現場にぶつかった。八ッ場ダムの建設が再開されたので、この現場でも、コンクリートミキサー車が、出たり入ったりしている。しかし、それほどの活気は感じられない。

そこで働いている作業員に、二人は、問題の写真を見せて、話を聞いた。

作業員たちは、建設会社の社員だろう。あるいは、建設会社に雇われた臨時の作業員たちなのかもしれない。

最初は知らないといっていたが、三田村刑事が脅かすと、やっと、昨日、写真の男、大河内昭が、若い女を連れて、ここにやって来たと認めた。

「この人は、何をしに、ここにやって来たんですか？」

三田村が、きいた。

「ここから、どこかに、携帯をかけていましたよ。三十分ほどして、四十歳くらいの男が、自分で車を、運転して迎えに来ましてね。一緒に、出ていきました。どこに行ったのかは分かりません」

作業員の一人が、答える。

「後から来た男が、何者か分かりませんか？」

三田村と北条早苗は、その場にいた作業員たちの顔を、見回した。

その中の一人が、

「前に見たことのある顔だよ」

と、いった。

「どこで見たんですか？」

早苗がきいた。

「どこだか忘れたが、どこかの役所に行った時に見たんだ」

と、いう。

三田村たちが、どこの役所かを聞いたが、作業員は、首をひねっているばかりで、はっきりした答えは出てこない。

それでも二人が粘《ねば》っている中《うち》に、やっと、作業員が口にしたのは、国土交通省関東地方整備局の工事事務所だった。そこで見たんだと、作業員が、いった。

「それじゃあ、関東地方整備局の、人間ですか？」

三田村が、きいた。

「そこまでは、分からないな。とにかく、そこにいた男に、よく似ていたんだ。だから、職員かもしれないし、たまたま、用があって、やって来た人間だったのかもしれないな」

作業員の答えは、最後まで、曖昧だったが、それでも収穫はあった。

レンタカーに戻ると、三田村が、すぐ東京の十津川に、電話をかけた。

「大河内昭は、女性一人と一緒に、こちらに来ていますね。ただ、何のために来たのかは、まだ分かりません」

「そちらの様子は、どうなんだ？　ダム建設が、再開されたから、活気があるんじゃないのか？」

と、十津川が、きく。

「いや、あまり、活気はありませんね。どんなふうに、再開されるのかが分からなくて、みんな戸惑っているんじゃありませんか？　コンクリートミキサー車が、時々、走っていますが、それ行け、みたいな勢いは感じられません」

と、三田村が、いった。

「今日の新聞を見ると、国土交通省は、八ッ場ダムの建設費を四千六百億円としている。ただ、それだけでは、とても足りないという見方もあるらしい。すでに建設再開の話があってから、八十七億円が新しく注ぎ込まれるという話もあると記事にあった。それを狙ってまた、金の亡者《もうじや》が、動き廻るんじゃないかね」

「いい忘れましたが、大河内昭はこちらで、誰かを、携帯で呼び出して会っています」

「誰と会ったんだ?」

「こちらの作業員の一人が、関東地方整備局の事務所で会った男だと、いっているのですが、それが整備局の職員なのか、それとも、たまたま、事務所に来ていた人間なのか分かりません」

「あと一日そっちにいて、何とかして、大河内昭が会った人間を探し出せ。出来れば、何のために会ったかもだ」

と、十津川が、いった。

10

長野県警の佐伯警部から、書類が一通、送られてきた。手紙である。何でも十二、三年前に、吾妻線のファンクラブが、役所や公団に送った陳情書だという。

封筒には、

「JR吾妻線の駅舎及び、路線を今まで通りに動かさないように要望します」

とあり、中の便箋《びんせん》には、次のように、書いてあった。

「私たちは全員、吾妻線の沿線に住んでいます。そして、高崎や東京の会社や学校に、吾妻線を使って、毎日、通っています。通勤、通学には、なくてはならない吾妻線なのです。

今回、八ッ場ダムの建設に伴って、駅舎や線路が動かされるかもしれないと聞きました。

それでお願いです。

なるべく、線路や駅を、動かさないようにしてください。

繰り返しますが、私たちは、吾妻線を使って、通勤や通学をしております。現在より駅舎が大きく離れてしまったり廃止されたり、線路が大きく動いてしまうと、次の日からの通勤や通学に、支障を来《きた》します。

ですから、なるべく、駅舎や線路は、現状のままにしておいて頂きたい。

右、お願いいたします。

吾妻線ファンクラブ一同」

となっていた。

大人しい、陳情である。それでも何回も繰り返されていると、相手は、当惑《とうわく》してしまうのではないだろうか？

すでに計画は、決まっていて、駅舎をどこに移すのか、新しく線路をどこに移動させるのかも決定していた。もし、その計画を、変更することになれば、余分の経費がかかるし別の方向から、新しい苦情が来るだろう。

そこで、計画通りにダム建設を進めることにしたが、それが分かると、吾妻線ファンクラブの面々、あるいは、それに同調する、人間たちが、必死になって陳情を、繰り返したのではないだろうか？

あるいは、石を、投げつけられたりして、負傷した職員が出たかもしれない。

そこで、吾妻線ファンクラブの面々を実力で、抑《おさ》えつけようとした。あるいは、金で買収しようとした。結果、クラブは解散したり、あるいは、横山弥生のように、群馬県からほかの県に、逃げたのではないだろうか？

こう見てくると、長野市内で、飲み屋に勤めていた横山弥生が、酔った客と、口論になり、ナイフで刺されて、死んだという話も、そのまま受け取ることが出来なくなってくる。

ひょっとして、酔った挙句のケンカに見せかけて、横山弥生は、殺されてしまったのではないだろうか？

そんな疑問が、十津川の頭の中に生まれてきた。

第四章　別の関係

1

東京では、何回目かの捜査会議が開かれ、そこで十津川は、これまでに分かったこと、逆に、新しく生じた疑問について、説明した。

「今までに、関連があるのではないかと思われる殺人事件が、立て続けに、三件起きています。最初は、五月十日に、長野市内の飲み屋で起こった事件です。表面的に見れば酔った飲み屋の客が、三十歳の女店員に絡んでケンカになり、ナイフで刺し殺して、逃亡した事件ですが、現在では、それらしく装《よそお》った、殺人事件ではないかと、長野県警は、見ています」

「君も、そう考えているのか？」

と、三上本部長が、きく。

「私も、そう考えて間違いないだろうと、思っています。その一週間後の五月十七日、今度は、静岡市清水区内でコンビニを経営していた、原田清之夫妻が、何者かに、毒殺されました。そのさらに一週間後の五月二十四日、今度は東京で、磯村圭吾という弁護士が、隅田公園で、射殺されています。一見バラバラな事件と、考えられましたが、その後の捜査で、この三つの殺人事件には、共通点があることが、分かりました」

「どんな共通点だ？」

「いずれの被害者も、以前、群馬県の吾妻線の沿線に、住んでいたこと、それは、同時に、吾妻川の近くに住んでいたことになってきます。吾妻線は、吾妻川に沿って、走っているからです。さらにまた、三つの事件が、どうやら、八ッ場ダム建設に絡んでいることも分かってきました。八ッ場ダムは、吾妻川を堰《せ》き止めて造るという計画になっています。この八ッ場ダム計画は、今から六十年も前の、一九五二年に、計画されたものですが、二〇〇九年になると、当時の民主党政権が、建設の中止を決定しました。それが、二〇一一年になって建設が再開されることになりました。現在までに、莫大《ばくだい》な資金が、投じられています。その多くは、土地の買収費用ですが、それに絡んで動いたのが、経営コンサルタントを、自称している大河内昭という男です。この大河内昭は、用地買収に絡んで、莫大な利益を、手に入れたといわれています。そのために、大河内昭が、作ったと思われるのが、八義建設連合というトンネル会社です。このトンネル会社を利用して、大河内昭は、土地の買収に絡んで、政治家や土地の有力者に接触したと思われますが、表立って政治家や地元のボスが動いた記録はありません。おそらく、ダーティな部分は、大河内昭と、八義建設連合というトンネル会社が、一手に引き受けていたと考えられます。そこで、三つの事件の被害者たちと、大河内昭、あるいは、八義建設連合との間で、何らかの問題があったのではないかと私は考えます」

「つまり、被害者は、大河内昭と、何らかの関係にあった。そう、考えているわけだね？」

「はい。そうです。その挙句、彼らは、大河内昭、あるいは、八義建設連合との、かかわりを恐れて、群馬県から、長野県、あるいは、東京や静岡といった他県に、逃げたのではないかと考えられます。一時、八ッ場ダムの建設が中止になって、八ッ場ダムの問題自体から、人々は関心を、失ってしまいました。その間、結果的に彼らは、危険から遠ざかっていたのですが、今回、八ッ場ダムの建設が再開されて、再び、彼らと大河内昭との関係が注目されることになったのではないか。これは、あくまでも推測ですが、秘密が漏《も》れるのを恐れて、大河内昭側が、三人の口を、封じてしまったのではないか、と。今、いいましたように被害者の三人が、以前は、群馬県の八ッ場ダムの建設現場の周辺に、住んでいたことが、今回の連続殺人の動機になっていると見て、間違いないだろうと、私は考えます。長野県警や、静岡県警も、この推測に賛成しています。ところが、ここに来て、一つの、大きな疑問にぶつかってしまいました。今回の捜査会議では、この疑問を考えてみたいと、思っております」

2

十津川は、言葉を続けた。

「そこで、被害者を、一人一人、調べていきました。まず、静岡市の清水区内で、コンビニを、経営していた原田夫妻を調べました。もちろん静岡県警と協力してです。夫の、原田清之ですが、彼は、八ッ場ダムの建設現場となったK村に生まれています。ダムの底に沈むことになる村ですが、原田清之の父親が、村長をやっていました。その父親が、認知症が進んだにもかかわらず、勝手に自分が、村長の代理人と名乗って、用地買収で、大河内昭、あるいは、八義建設連合と、話し合いをして、おそらく、多額の買収金を手にしたと思います。そのことが公《おおやけ》になれば、原田清之自身が、非難されるばかりではなく、彼と取り引きをした大河内昭や八義建設連合も、批判に、さらされるに違いありません」

「なるほど。それで、口を封じられたというわけか。では、東京で殺された、磯村圭吾という弁護士の場合はどうなんだ?」

「彼は、弁護士になる前、吾妻線の川原湯温泉駅の近くに事務所を開いていた吉田という不動産鑑定士のところで、働いていました。この吉田老人は、大河内昭や、あるいは、八義建設連合と戦って、川原湯温泉の人たちの、権利を守ろうとして、働いていました。それが、原因になっているのかどうかは、分かりませんが、吉田老人は殺され、その直後、磯村圭吾は、行方をくらませてしまいました。一時、磯村圭吾は、吉田老人を殺し、五十万円の金を奪って、逃げた、という噂が立ちましたが、事実かどうか、分かりません。その後、磯村圭吾は、猛勉強して、弁護士の資格を取りました。八ッ場ダムの建設に絡んで、大河内昭、あるいは、八義建設連合と対決しようとしていたのかもしれません。そのため、大河内昭、あるいは、関係者が、口封じのために、磯村弁護士を、殺したのではないかとも考えられます。ところがここに来て、一つの大きな疑問に、ぶつかってしまいました。八ッ場ダムの建設が、再開されることになったことで、埋没《まいぼっ》していた、土地買収に絡んでの不正などが、明らかになるのを恐れて、機先を制して、この二人を殺したのではないかという考えはいいのですが、それでは、説明できないのが、五月十日に殺された、横山弥生の件なのです」

「どういうことかね？」

「横山弥生は、吾妻線の沿線に住み、小・中・高と、吾妻線を利用して、学校に通っていました。吾妻線のファンがいて、彼らは、八ッ場ダムの建設に絡んで、吾妻線の路線が、変えられたり、駅がなくなってしまうのではないかという恐れを、抱《いだ》いたのです。その中に横山弥生も、入っていました。吾妻線を守ろうという運動がダム建設反対になり、彼らは、大河内昭や、あるいは、JR東日本の高崎支社にも、抗議に行っていることが、分かりました。しかし、横山弥生や、吾妻線のファンが、用地買収などに絡んで、利益を得たということは、全くなかったことが、判明しました。それなのに、なぜ、横山弥生は、ほかの二人よりも先に、殺されてしまったのか？　そこが、大きな疑問になってきました。横山弥生たち吾妻線のファンは、八ッ場ダムの建設に絡んで、慣れ親しんだ、吾妻線の路線が動かされたり、駅がなくなるという噂に対して、純粋に吾妻線を守ろうとして抗議行動を起こしたとしか考えられないのです。横山弥生は、両親が手にした、せっかくの補償金を、だまされて、まきあげられたこともありましたが、吾妻線のファンクラブの一員にすぎません。ほかのファンたちは、今も、吾妻線の沿線に住んでいて、別に殺されたりはしていないのです。それなのに、どうして、横山弥生一人だけが、殺されたのか？　そこが、どうにも、分からないのです。横山弥生の事件を、捜査している長野県警も、同じように、そこが疑問だと、考えているようです」

3

十津川の長い説明が終わると、それを待っていたかのように、三上本部長が、発言した。

「私も、その疑問については、十津川君と、同感だ。どう考えても、ほかの二人、いや、正確には、三人だが、に比《くら》べて、なぜ、横山弥生が、同じように、殺されなくては、ならなかったのか。私も、その点は、疑問に、思っている。この疑問について、誰か、答えを持っている者はいないか?」

三上が、刑事たちの顔を、ゆっくり見回した。

最初に、西本刑事が、発言した。

「横山弥生と同じような吾妻線ファンクラブの会員は、一万人といわれています。それを代表して、十人が、八ッ場ダムの建設に絡んで、JR東日本の高崎支社や、用地買収に動いた、大河内昭たちに抗議したことは、はっきりしています。ファンたちは、今も吾妻線の沿線に、住んでいるのに、横山弥生一人だけが、八年前に、群馬県から、長野県に移っていけます。本人が殺されてしまったので、その理由は、われわれが考えざるを得ませんが、横山弥生は、ひょっとすると、ほかのファンを裏切って、大河内昭と、裏取り引きをしたことがあるのではないでしょうか？」

「裏取り引きをした？　例えば、どんなことをだね？」

「例えば、いくらくらいの金をもらえば、吾妻線の、問題については、今後、一切《いっさい》抗議はしない、ほかのファンたちを、抑えてやるといった取り引きをしたのではないかと思うのです。その裏取り引きがバレないうちに長野県に逃げたのではないか。他県に逃げて一時的には安心していたが、今回、八ッ場ダムの建設が、再開されることになって、大河内昭のほうも、横山弥生と、変な裏取り引きをしたことが、バレてしまうと、いろいろと、厄《やっ》介《かい》なことになってくる。そこで、大河内昭か、あるいは、その取り巻きが、長野市内で、働いていた横山弥生の口を、封じてしまったのではないかと考えるのですが」

「今の、西本刑事の考えを、君は、どう思うね？」

三上が、十津川を見て、きく。

「今の西本刑事の考えは、一応、殺人の動機についての説明になっていると思います。話の辻褄《つじつま》は、合っています。ただ、横山弥生が、群馬県から長野県に移ったのは、今から八年前の話です。その時はまだ、八ッ場ダムの建設は、中止されていません。その後、八ッ場ダムの目的が、二転三転しました。最初は治水、次は飲料水の確保、そして、三回目には、発電といった具合にです。そのたびに、目的に応じて新しく経費が支出され、その経費に対して、大河内昭が巧妙に動いて、その何パーセントかを、手に入れているとみていますが、この間の動きについては、長野に移っている横山弥生には、全く、関係がありません。その八年間に、横山弥生が、八ッ場ダムの建設に絡んで、何か発言したということもありません。こう考えると、今、西本刑事がいった理由は、さほど納得できるものではないと、思います」

「ほかに発言するものはいないか？」

と、三上が、いった。

それに対して、今度は、女性刑事の北条早苗が、発言した。

4

「横山弥生が殺されたのは、ほかの二人、磯村圭吾弁護士と、原田清之とは、別の理由だったのではないかと思います」

「その違う理由を、説明してみたまえ」

　三上が、いう。

「これは、あくまでも、私の勝手な想像ですが、今回、八ッ場ダムの建設が、再開されました。その直後、次々に殺人が起こりました。私は、殺された順番を考えてみたのです。十津川警部もいわれたように、大河内昭の側から見れば、ほかの二人に比べて、横山弥生は、最も、危険の少ない存在だったはずです。原田清之は、大河内昭に取り入って、かなりの額の、用地買収費を手に入れたと、考えられています。磯村弁護士は、不動産鑑定士の吉田老人と組んで、用地買収に絡んで、大河内昭と、ケンカをしているし、大河内昭の秘密を見たり知ったりしたのではないかと、思われます。それにもかかわらず、なぜか、最も危険が少ない存在のはずの横山弥生が、いちばん最初に殺されてしまいました」

「たしかに、君のいう通りだが、なぜ、いちばん最初に、殺されてしまったのか、君は、どう考えるのかね？」

　三上が先を促した。

「八ッ場ダムは、最近になって、建設の再開が決まりました。しかし、このあと、横山弥生が、大河内昭に連絡を取ったかどうかは、確認できません。それにもかかわらず、横山弥生が、真っ先に、殺されてしまったのです。つまり、犯人から見ると、三人の中で、いちばん先に、横山弥生を、殺さなければならない理由があったことに、なります。しかし、いくら調べても、八ッ場ダム建設に絡んで、それらしい理由は見つかりません。そこで、思い切って、別の方向へ想像を、働かせてみました。これからお話ししようと思うのは、私の勝手な想像であり、何の証拠もあるわけではありません。それでも構わなければ、自分の考えを申し上げたいのですが、よろしいでしょうか?」

北条早苗が、三上本部長を見た。

「私は君の想像した理由というものを、聞いてみたいね。十津川君は、どうだ?」

と、三上に、きかれて、

「私も、北条刑事の考えた理由を、聞いてみたいと、思います」

と、十津川もいった。

5

北条早苗刑事が、改めて話を続けた。

「八ッ場ダムは、ある意味で、日本中の注目を集めています。その一つは、やはり、いったん建設の中止が、決定したのに、再び建設が始められたことにあります。二番目は、ダムの目的が、変わったことです。最初は、治水のためのダムであり、次は、飲料水確保のためのダムであり、そして今は、発電のためのダムに、なっています。そこで、八ッ場ダムについて、さまざまな人が、新聞や雑誌に、自分の考えを、発表しています。そうした記事を読んだり、意見を、聞いても、ほとんどが、同じ視点から、八ッ場ダムのことを論じているのです。つまり、時間がかかりすぎている。建設費が、かかりすぎている。あるいは、目的が、二転三転としていて、今、本当に、このダムの建設が、必要なのかどうか。そういった視点です。そのせいか、あまり、面白いもの、興味を引かれる論説はありません。そんな中で、ある出版社が、別の視点から、八ッ場ダムについての批判を集めた本を企画しました。ダムによって、群馬県を走っている、吾妻線が影響を受けることを不安に思った吾妻線のファンが、ダム建設に、抗議したり、ＪＲ東日本に、要望書を出したりしていたことを知ったのです。ダムそのものの、肯定否定ではなく、鉄道にしぼった視点の企画は面白いと、出版社の担当者は、考えたのではないかと思うのです。要望書の内容は、八ッ場ダムそのものの批判ではなく、八ッ場ダムから影響を受けるＪＲ吾妻線について、その吾妻線のファンが、どう思い、どう、考えているかをまとめたものになっています。吾妻線のファンは、現在でも、吾妻線の周辺、八ッ場ダムの周辺に、住んでいますが、その人たちはやはり遠慮をしたり、発言がしにくいでしょう。そこで、出版社が、目をつけたのは、現在、群馬県を離れて長野県に住んでいる、横山弥生だったのではないでしょうか。出版社は、密《ひそ》かに、横山弥生に、接触し、十二年前から、吾妻線のファンとして、いろいろと、活動したことを書いてもらえないかと、頼んだのです。横山弥生は承諾したのだと思います。実際に、原稿を、書き出したのではないかと、思うのです。出版社としては、なるべく早く、出版したい。八ッ場ダム建設再開が、国民の頭の中に、残っているうちに出版したい。そこで、五月いっぱいに書いてもらいたいとハッパをかける。その本が、売れなければいいが、もし、高校生という若さで、活動に参加した、横山弥生の視点が、話題になって、ベストセラーにでもなったりしたら、当然、八ッ場ダムの批判が、起きるでしょうし、八ッ場ダムに絡んで、土地の買収を行なって、多額の利益を上げた、大河内昭の批判にも、つながってきます。大河内昭は、自分が、危険な立場にいると気づきます。その本が出版される前に、横山弥生を消してしまおう。それも、一日でも、早く消してしまわないと、原稿が、出来上がってしまいます。あるいは、緊急出版ということになってしまうかも、しれません。そこで、大河内は、いちばん早い、五月十日に、酔っ払った客とのケンカに見せかけて、横山弥生を、殺してしまうことにしたのではないでしょうか？　私は、そんなふうに考えたのですが」

北条早苗が、三上本部長を見、そして、十津川警部を、見た。

6

「面白いね」

三上本部長が、いった。

「考えが面白いし、納得させるものを持っている。君も、同感なんじゃないのか？」

と、三上が十津川を見た。

「私も、本部長が、いわれたように、たしかに、面白い考えだと思います。問題は、北条刑事がいった話が、本当に、あったかどうかです」

十津川は、慎重に、いった。

「それなら調べてみればいいじゃないか」

三上がいう。

「とにかく、出版社に、当たってみようじゃないか？　本当に、そういう話が、あったのか、なかったのか、その点を、私も知りたいからね」

刑事たちは、一斉《いっせい》に、東京と大阪にある、こういうテーマを扱いそうな、出版社に、電話をかけまくった。

八ッ場ダムの、建設再開に当たって、横山弥生に、原稿を依頼した事実があるのかどうか？　原稿の内容は、ダム建設がＪＲ吾妻線に影響が、出てくることについて、吾妻線のファンクラブのメンバーが、ＪＲ東日本の高崎支社に、要望書を出したり、ダム建設の当事者に、抗議をしたりしていたということを書いたものだった。そんな本を出す予定があるかどうかを聞いて廻ったのである。

しかし、いくら電話をかけまくってもそういう本を、出すつもりだという出版社は、一社も、見つからなかった。

その結果に、北条早苗刑事が、

「やはり、私の勝手な、想像にすぎませんでした」

少し残念そうに、いった。

三上本部長も、慎重になって、

「こうなると、別の理由を、考えざるを得なくなるね」

と、いったが、逆に、慎重だった十津川のほうが、

「この結果は、少しばかり、おかしいですよ」

といい出した。

「どこがおかしいのかね？」

「どの出版社も、あまりにも、簡単に、そんな本を出す予定はなかったと、否定しています。それがまず、第一におかしいと、思うんです」

「そういう本の企画が、本当に、なかったから、ないといっているんじゃないのかね？君がいうように、別におかしいとは、思わないが」

「それはそうですが、北条刑事が考えたことは、本部長も、おっしゃっていたように、たしかに、面白い企画です。八ッ場ダムの建設そのものを、批判する、あるいは、賛成する本は、今までに何冊も出ていますが、八ッ場ダムを、全く別の角度、今、流行《はや》りの、鉄道から見て、八ッ場ダムに対して批判的な本を出すということは、面白い考え方だと、思うのです。そう考えると、仮に全部の出版社ではないにしても、いくつかの出版社では、自分のところでは、そういう企画の本は、予定していなかったとしても、その話、なかなか、面白いじゃないですかぐらいのことは、いうはずだと思うのですが、そんな話が、全く、出てきません。私には、そこのところが、どうにも、納得できないのです」

「しかし、出版社のほうで、そんな企画はなかったといっているんだから、どうしようもないだろう？」

と、三上が、いう。

「明日、北条刑事と一緒に、吾妻線沿線に、行ってきたいと思うので、ぜひ、許可してくれませんか?」

と、十津川が、急に、いった。

「向こうに行って、どうするのかね?」

「徹底的に、調べてみます。本当に、出版社でそういう企画がなかったのかということについてです」

「しかし、出版社は、そんな企画はないといっているし、横山弥生は、すでに、死んでしまっているんだ。したがって、君が、現地に行って調べたくても、調べようがないんじゃないのかね?」

「いや、向こうに行けば、何かが、分かるに違いないと、私は、期待しているんです」

十津川は、強硬に、主張した。

7

結局、三上は、十津川の希望を受け入れ、吾妻線沿線への出張を、認めてくれた。

翌日、十津川は、北条早苗刑事を連れて、吾妻線を走る特急「草津」に乗った。

その列車の中で、北条早苗が、十津川に、きいた。

「警部は、本当に、出版の話が、あったと思われているんですか？」

「正直なところ半々だが、どちらかといえば、出版の話が、あったというほうが強い。証拠はないが、そんな、感じがしているんだよ」

「私が、捜査会議の席で、出版の話をいったとき、最初はあまり賛成されていらっしゃらなかった。むしろ、反対だったのでは、ないんですか？」

早苗が、いう。

「たしかに、面白い話だとは、思ったんだが、横山弥生は、すでに、死んでしまっているからね。この話を、証明するのは難しいと思ったんだ。しかし、そのうちに、出版の話は、本当にあったんじゃないかと思うようになったんだ」

十津川が正直にいった。

長野原草津口駅で、降りてから、吾妻線の沿線を歩きながら、ファンクラブの人間を、探した。

ＪＲ東日本の高崎支社の、ダム建設の関係者は、吾妻線ファンクラブの代表十人が来たといっていたという。それに実際のファンの数は、一万人ともいわれているので、沿線に、まだ残っている人も多いだろうと、十津川は、探して歩いたのである。

一時間ほどして、やっと、ファンの一人を捕《つか》まえることができた。

四十歳の男で、現在は、ガソリンスタンドで、働いているという。そのガソリンスタンドも、ダム建設のために、移動させられたという。

北条早苗刑事が、出版の話を、切り出してみると、その男は、

「出版の話は、一度も聞いたことはありませんが、そういえば、横山弥生が死ぬ前に、電話を、かけてきましたよ」

と、いう。

「電話をかけてきたのは、彼女が死ぬ、どのくらい前ですか？」

「たしか、十日ほど、前だったと、思いますね。ゴールデンウィークの最中だったことを、覚えていますから」

「どんな電話ですか？」

「今思うと、何だか、妙な電話でしたよ。吾妻線のファン代表十人で、ＪＲ東日本の高崎支社に、行った時の話を確認したい、たしか、そんな内容でした。私もその時の十人の一人でしたから、十二年前のことを思い出して、懐かしさを感じながら、彼女とその時の話を、しましたけどね」

と、男が、いった。

「その時、横山弥生は、どこかの出版社に頼まれて、八ッ場ダムのことや、ダム建設で影

響を受ける吾妻線について本を書くようにいわれている。そんな話は、していませんでしたか？」

と、十津川がきいた。

「いや、そういう話は、聞いていませんよ。ただ、正確を期《き》したいのでといっていましたね」

と、男が、いった。

「横山弥生は、正確を期したいのでといって、JRの高崎支社に行って、要望書を出した時の話を、電話で、確認したんでしょう？」

「そうです」

「その時、ほかに、何か気がついたことはありませんでしたか？」

と、早苗がきいた。

「私との電話のやり取りを、録音しているような感じが、しましたね」

と、男が、いった。

「その電話の中で、横山弥生に、何か気になったことはありませんか？」

「その時の電話は、やたらに、長かったですよ。JRの高崎支社に行った時の話をしたかと思うと、その続きみたいに、ダムの建設関係のところに行って、慣れ親しんだ吾妻線の路線が、変更されたり、駅舎がなくなるのは、許せないと、抗議したときのことに話が移ったりして、どんどん長くなっていきましたね。あっさりした話ではなくて、その時、誰と誰が、一緒だったかとか、何時頃行って、どのくらい、話したとか、相手は、どんな人間だったとか、詳しい話を、いろいろと、聞いてきました」

と、男が、いう。

男に礼をいって別れると、十津川が、北条早苗に、向かって、

「どうやら、君の想像が、当たっていたようだね」

と、いった。

この後、二人は、群馬県の隣りの長野県にいき、殺された横山弥生について、調べることにした。

8

横山弥生殺しを、捜査している長野県警の佐伯警部に、会った。

佐伯警部と一緒に、まず、彼女が働いていた、長野市内の飲み屋「のみすけ」に行き、今も店をやっている五十代のママに、話を聞くことにした。

「ここで働いていた横山弥生が、殺される前に、群馬県の、吾妻線というJRの路線について、出版社から、頼まれて原稿を書いていたことはありませんか？」

十津川が、きいた。

それに対する、ママの返事は、あまりにも、頼りないものだった。

「弥生ちゃんが、プライベートに、何をやっていたのかなんて知りませんよ。原稿のことだって、一度も、聞いたことはありません。私には黙って、何かの原稿を書いていたのかも、しれませんが、少なくとも、私に、そんな話をしたことは、ありませんね」

どうやら、これは、本音《ほんね》に聞こえた。

そこで、次には、佐伯警部と一緒に、横山弥生が住んでいたマンションに、足を運んだ。

その部屋は、まだ、長野県警の刑事が警備していた。

十津川が、佐伯警部に向かって、

「この部屋に、横山弥生が、書いた原稿は、ありませんでしたか？」

「そんなものは、見ませんでしたね。この部屋には、何度か入って、いろいろと、調べているんですが」

と、佐伯が、いう。

「原稿そのものが、ないとするると、あと考えられるのは、パソコンの中に、原稿があったかもしれないということですが、ここには、パソコンが、ありませんね?」

十津川が、部屋の中を、見回しながら、いった。

「押収《おうしゅう》したわけではありません。パソコンは最初から、ありませんでしたよ」

と、佐伯が、いう。

しかし、原稿やパソコンが、最初からなかったのかどうかは分からない。

五月十日に、飲み屋の、酔った客の男とケンカになって、彼女は刺し殺されてしまった。その後、男は、逃亡したのだが、実際には、殺人のあと、まっすぐにこのマンションに来て、彼女の書いた原稿か、あるいは、打ち込んでいたパソコンを持ち去ってしまったのではないかと、十津川は、考えた。彼女が、先に店を出たのは、マンションに戻って、原稿を奪われないようにしようと、したのかもしれない。

「この部屋には、携帯もありませんでしたか?」

十津川が、きいた。

「そうですね。携帯電話も、見つかりませんでしたね」

おそらく、その携帯も、犯人が、持ち去ってしまったに違いない。これは、横山弥生が、出版社から頼まれて、原稿を書いていたと、仮定してだが、携帯には、出版社の電話番号や、担当者の連絡先も、登録されていたに、違いないと、思うからである。

十津川は、携帯を使って、もう一度、リストアップした中の、東京と大阪の主な出版社に、電話をしてみることにした。

出版部長を呼んでもらい、殺された横山弥生に、八ッ場ダム建設と、吾妻線の関係について、五月十日以前に、原稿を、頼んでいなかったかどうかを、しつこく、聞いてみることにした。

しかし、電話をした、どこの出版社も、そうした事実はないと、否定した。

「どうやら、どこかの、出版社がウソをついているね」

十津川が、北条早苗にいった。

「それは、どこかの、出版社が、殺された横山弥生に、実際には、原稿を依頼していたにもかかわらず、それを、否定しているということですか？」

「そうだよ。どこかの出版社の、出版部長が、明らかにウソをついているんだ」

「どうして、ウソを、ついているんでしょうか？　ウソをつく必要はないと思うんですが」

「たぶん、横山弥生を殺した犯人が、出版社に手を打って、ウソをいわせているんだよ」

「どんなウソをですか？」

「例えば、出版部長は、犯人と、次のような約束をする。横山弥生に、原稿を頼んだことを、否定してくれれば、その出版社が、次に出した一冊の本に対して、百万部の印税と同額の金を、支払うというようなことだよ。もちろん、百万部の本を、買い取るわけではない。その百万部の印税と同額の金を、払うんだ。だから、この件に関して、聞かれたら、否定してほしいとね」

「出版社が、そんな、ウソをつくでしょうか？」

「大きな出版社なら、そんなウソは、つかないだろう。しかし、小さな、出版社なら、さらに、現在、赤字で、悩んでいる出版社なら、百万部の印税と同額の金が条件なら、ウソをつく可能性はある」

と、十津川が、いった。

「しかし、どうやって、それを確認するんですか？」

「そうだな。これはと思う、出版社に行って、出版部長に、直接会ってみるよりほかに方法がないだろうね」

と、十津川が、いった。

9

十津川と北条早苗は今度は、その日のうちに、東京に向かった。

十津川がマークしている出版社が、一社あった。最近、出版事業を、ほんの二、三人で、始めた会社で、もともと、そこの社長は、不動産会社の社長だった。バブルの頃、不動産の売買で、かなり、儲けたのだが、その時の貯《たくわ》えが今も残っている。現在は、不動産では、なかなか儲からない。そこで、出版社を、始めたというわけである。

そんな社長だから、いい本を、出したいというよりも、売れる本、儲かる本を、出したいという気持ちのほうが、強いのである。

しかし、売れる本を出すことが、なかなか、できずにいた。

その出版社は、都心ではなくて、珍しく、下町の、北千住《きたせんじゅ》に社屋《しやおく》があった。北千住駅の近くである。

北千住の駅で降りて、その出版社に向かって歩き出した十津川は、ふいに、不安に襲われた。

彼がこれから行こうとする方向に、煙が、上がっており、消防車のサイレンの音が聞こえてきたからである。

問題の出版社は、雑居ビルの一階にあったのだが、近づくにつれて、十津川の不安は、現実のものとなった。

雑居ビルが、炎に包まれていたのである。

すでに、消防車が三台到着して、しきりに消火活動を、行なっている。そこへまた、一台、二台と、消防車が駆けつけてきて、消火に加わった。

それでも火の勢いは、いっこうに、衰《おとろ》える気配がない。その様子を見て、十津川は、ため息をついた。

「遅かったな」

十津川が、ポツリというと、北条早苗が、

「せめて、社長だけでも助かっていて、私たちの質問に、きちんと答えてくれれば、いいんですけど」

と、いった。

ガソリンでも、撒《ま》いてから火をつけたのか、火勢《かせい》は、なかなか、衰えない。鎮火《ちんか》したのは、三時間以上たってからである。

十津川と北条早苗の二人が、現場に近づいていくと、消防隊員が、

「ビルの関係者の方ですか？　まだ焼け跡《あと》に入ることは、禁止です。危険ですから」

と声を張りあげた。

十津川は、相手に、警察手帳を、見せて、

「この雑居ビルの一階に出版社が入っていたのですが、その出版社の社長や社員は、どうなったでしょうか？」

「まだ何も、分かりません。消火をしている途中で、出版社の社長が、行方不明になっているという話を、聞いていますから、あるいは、ビルと一緒に、亡《な》くなっているのかもしれません」

と、消防隊員が、いった。

なかなか、焼け跡に入ることが許されず、そのうちに、消防隊員が、

「焼け跡から、三人の遺体が、発見されています。この雑居ビルの中で、今日営業をしていたのは、出版社だけですから、おそらく、この三人は、出版社の関係者ではないかと思いますね」

と、十津川に向かって、いった。

十津川は、ため息を、ついた。

どうやら、十津川が不安を覚えていた方向に、事態は進行しそうな感じだった。それで

も、十津川は、北条早苗としばらくの間、焼死体の身元が割れるのを待った。

10

さらに、一時間ほどして、ようやく、三人の焼死体の、身元が判明した。

十津川が恐れていた通り、この三人は、一階の、H出版の社長と、出版部長、それに、社員らしいという発表になった。

そのうちに、地元の警察署から警官がやって来て、消防署員と現場検証が始まった。十津川と北条早苗も、それに参加させてもらうことにした。

焼け跡は、かなりきれいだった。燃えるものは、全て、燃え尽きてしまっていたからである。

現場を見ると、これは、どうやら放火だろうと、十津川は感じた。

三人の焼死体は、一階の焼け跡部分から、発見されたという。二階、三階に入っている事務所や会社は、今日は、休みだったというから、消防署員もいうように、三つの焼死体は、十津川が会いたいと願っていたH出版の社長と出版部長たちのようだった。

十津川と北条早苗は、翌日、H出版の社員たちがよく飲みに行くという駅近くのバーに行き、ママから話を聞いてみることにした。

五坪《つぼ》ぐらいの小さなバーで、四十代と思われるママと、バーテンと、二人のホステスが、やっていた。

十津川たちは、常連客が、来ていない早い時間に、その店に行き、カウンターに、腰を下ろして、ママから話を聞いた。

二人は、ビールと肴《さかな》を注文してから、

「H出版の社員が、よく飲みに来ていたそうですね？」

と、十津川が、ママに、声をかけた。

「ええ、そうなんですよ。社長さんもよく来てくださいましたから、あの社長さんが亡くなったのは、ショックです。気さくな社長さんで、来るたびに、いろいろと、面白い話をしてくれました。その話が、聞けなくなってしまいましたもの」

と、ママが、いう。

「社長さんから、八ッ場ダムの話が出たことは、ありませんか？」

「八ッ場ダムって、また、建設が再開した、群馬県のダムのことでしょう？」

と、ママが、いう。

「そうです。その八ッ場ダムについて、社長さんは、ママに、何かいっていませんでしたか？　どんな小さなことでもいいんですが」

「もうちょっと、具体的にいっていただけません？」

と、ママが、いう。

「八ッ場ダムは、ずいぶん前に、計画されて、最近建設中止が、いったん決まったんです。そのうちにまた、建設再開になりましてね。だから、もう何十年も、経っているのに、本当にできるのかどうか、怪しむ人もいるんです。そんな話を、社長さんは、飲みながら、していませんでしたか？」

「さあ、そんな話をしていたかしら」

と、ママが、首をかしげる。

それでも、十津川は根気《こんき》よく質問をくり返した。

「あの社長さんは、出版社をやっていたから、自分のところで、次に出す本の話なんかしませんでしたか？」

「面白くて、ベストセラーに、なりそうな本を出す時には、あの社長さん、飲みながら、その本の話を、延々とするんですよ。そのたびに、その本を、買わなくちゃいけないような気持ちになって、今までに、三冊も買いましたけど、どれも、あまり、売れなかったみたい」

ママはくすりと、笑った。

「あのH出版は、売れるのを狙って、問題を起こした芸能人が書いたものなんかを、よく出していたわけですよ。群馬県にJR吾妻線という鉄道があるんですが、八ッ場ダムが建設されるおかげで、その吾妻線の路線が変わったり、駅がなくなるんじゃないかというようなことを吾妻線のファンが、心配した。そんなファンの一人に吾妻線について書いてもらっている。H出版の社長さんがそんなことを、話していませんでしたか?」

十津川が、きいた。

「さあ、どうだったかしら?」

ママは、バーテンに、声をかけた。

ママより、五、六歳年上に見えるバーテンは、

「鉄道ファンの女性に、原稿を、頼んでいる。五月いっぱいには、書き終わって、本になる。売れるから、必ずベストセラーになりますよって、社長さんがニコニコ笑いながら、話していたじゃないか。ママは、信用していなかったみたいだけど」

「それは、三十歳になる女性が書いてる本とはいいませんでしたか?」

「どうだったかしらねえ?」

と、ママは、またバーテンを見た。どうやら、バーテンは、ママのダンナらしい。

「そんな話は、聞いてないけど、あの社長さん、こんな話を、していたじゃないか。鉄道ファンの書いた原稿なんだが、どこそこのローカル列車に乗ったとか、面白い駅の紹介なんかじゃなくて、一つの問題意識を持ったユニークな原稿だと、いっていたじゃないか。覚えてないのか？」

「あんたは鉄道マニアだから覚えているんでしょうけど、あたしは違うから」

とママは、いってから、

「そういえば、鉄道ファンの人に原稿を頼んでいると、あの社長さんいってたわね」

それに、バーテンが、つけ加えた。

「それで、八ッ場ダムに、関係のある話だと、いってたんじゃなかったかな？　あの社長さん、得意そうに、八ッ場ダムの話を、本にするんだけど、ちょっと変わった切り口にしている本だから、ベストセラーになるんじゃないかと期待している。たしか、そんなことを、いってたんじゃないかな？」

十津川は、二人の話を聞きながら、やっと、東京の出版社が、横山弥生の本を、出すことになっていたという、そんな確信を持てるようになった。

残念ながらその原稿は、本にはならない。書き手の横山弥生が、五月十日に、殺されてしまったからである。

その原稿が、すでに、出版社に渡っていれば、出版することができるだろうが、どうもその様子はない。たぶん、横山弥生の原稿は、まだ、完成していなかったのだ。半分でも出版社に渡っていれば、それを基《もと》にして、何とかするだろう。そうした様子がないところを見れば、原稿は、H出版には、全く渡っていなかったとしか、思えなかった。

このあと、証拠を集めるとすれば、横山弥生の友人、知人の証言である。

先日、吾妻線の沿線で、横山弥生と電話で話し合ったという男性に会っている。彼から、ファンクラブの仲間の名前と、住所を聞いていた。

その人数は、五人である。

(彼らに会って話を聞けば、もっと強固な確信が持てるだろう)

と、十津川は、思った。

五人の中の一人は、住所が東京になっていた。群馬県から上京して、現在、東京で生活しているという。名前は、金子雅之《かねこまさゆき》である。

電話番号が、分からないので、直接、会いに行くより仕方がない。三十歳の男性で、現在、中野《なかの》で、コンビニの店長をしているということだった。

十津川は、北条早苗と中野にある、そのコンビニを、訪ねていった。

三十歳という年齢から見て、横山弥生と、同じように、群馬にいた頃は、吾妻線を使って、通学していたに違いない。

十津川は、金子に警察手帳を見せて、

「横山弥生さんが、長野で殺されたことは、ご存じですか?」

と、まず、きいた。

「ええ、知っていますよ。飲み屋で働いていて、酔っ払った客と、ケンカになって刺されて死んだと聞いていますが」

「横山弥生さんと群馬から出た後も、付き合いが、あったんですか?」

「そうですね。僕は、最近、東京に出て来たんで、そのあと、時々、彼女に電話をかけたりしていましたよ」

と、金子が、いった。

「その電話の中で、横山弥生さんが、H出版に、十年前頃の吾妻線の思い出や、八ッ場ダムのことを書いてくれと頼まれていることを、話していませんでしたかね」

十津川が、きくと、金子は、意外なことを、口にした。

「『思い出の吾妻線』という本ですね。実は、H出版からの話は、最初は、僕にあったんですよ。でも、考えてみると、あの頃、ダム建設で、好きな吾妻線が、勝手に動かされたら困るといって、吾妻線ファンクラブの先頭に立って、八ッ場ダム建設に反対したり、J

R東日本の高崎支社に要望書を提出したりしたのは、横山弥生さんでしたからね。僕なんかより、彼女のほうが、ずっと、書き手として、ふさわしいと、H出版に、いったんです。それでH出版が正式に、彼女に依頼したんですよ。彼女も、承諾して、張り切っていると聞いたのに、こんなことになって残念ですよ」

金子のその言葉に、北条早苗は、眼を輝やかせ、十津川は、ようやく、今後の捜査に自信を持つことが出来た。

第五章　真相を追って

1

　捜査会議で、十津川は、部下の刑事たちに向かって、今の自分の正直な気持ちを話した。

　十津川は、まず最初に、今までの捜査方針の誤りを認め、過《あやま》ちが、どうして生じてしまったのか、検討した経緯を説明した上で新しい捜査方針を、刑事たちに伝えようとしたのである。

「まず初めに、事件に対する私の見方が間違っていたことを、正直に、打ち明けなければならない。第一は五月十日に長野で殺された横山弥生、三十歳の件だ。容疑者として八義建設連合と、そのボスの大河内昭がいた。問題はその動機だったのだが、私は簡単に考えた。八義建設連合と、そのボスの大河内昭の秘密を知ってしまった横山弥生が、自ら身の危険を感じて、群馬県から、長野県の長野市内に逃げ、大河内昭から身を隠すようにして、飲み屋で、働き始めたと思ったのだ。秘密を握られた大河内昭、八義建設連合で働く人間が、横山弥生を、今になって見つけ出して、その口を、ふさぐために、飲み屋でのケンカに見せかけて、殺してしまったのではないかと、今までは安易に考えていた」

「警部、私は、今でも、事業の秘密を知られた大河内昭が横山弥生の口を、封じるために、誰かに命じて彼女を殺させたと考えていますが、それは違うのですか？　殺人の動機としては、十分納得できるのですが」

と、亀井が、いった。

「そうなんだよ、カメさん、たしかに、殺人の動機としては、大河内昭が、横山弥生の口を封じるために、誰かに命じて、彼女を殺させたというのは、説得力があるんだ。しかし、どこかに違和感があったし、辻褄が合わない点が出て来たんだよ」

「違和感といいますと？」

「第一に、横山弥生は、吾妻にいた頃、ダム建設に関連のある職場にいたわけじゃないんだ。他の二人、原口清之と、磯村弁護士のほうが、ダム建設に関連のある立場にいたんだ。それなのに、犯人は、最初に、横山弥生を殺している。これが第一の違和感なんだよ」

「分かります。ほかにも、疑問を感じられたんですか?」

「大河内昭のそばで働いている八義建設連合の人間たちが、もし、横山弥生の口を封じようとしていたとすると、この八年間ずっと横山弥生を探し回っていて、今まで見つけることができなかったとは、どうにも、考えにくいのだ。それに、彼らが、横山弥生を探し回っていたという形跡が、どこにもなかったんだ」

「たしかに、その形跡は、ありませんでしたね」

「それで、別の面から、横山弥生のことを調べることにした。すると、彼女が、北千住のH出版という出版社と契約して、十年ほど前、吾妻線のファンだった頃の自分たちの話を、本にするという計画が、進んでいることを知った。横山弥生が、ただ単に、吾妻線のことが好きな、鉄道マニアで、吾妻線の思い出を書くということなら、たぶん、何の問題も起きなかったと思う。しかし、その本は、単純な鉄道マニアの本ではなかった。八ッ場ダムの建設にともなって移転する吾妻線についての問題が、いろいろと、書かれ、当然、その頃のダム建設騒ぎ、つまり、ダム建設に関する暗闘も書かれている、ダム建設にからんだ一種の暴露本だった。だからこそ出版社が、出版意欲を持ったことになる。また、そのことを知った犯人が、出版前に、口封じのために彼女を殺してしまったのではないかと、私は、考えるようになった。これならば、どうして、今頃になって、横山弥生が、殺されたのかの理由が、納得できるんだよ」

「そうなると、次は、横山弥生が殺されてから一週間後の、五月十七日に、静岡市の清水区で殺された、原田清之夫妻のことを、どう考えるかですね」

と、西本が、いった。

「その通りだ。原田清之は、群馬県から、静岡市の清水区に移り住んで、そこでコンビニを経営していた。それが、突然、五月十七日に、妻と一緒に、毒殺されてしまった。この事件も、再検討する必要がある。原田清之の父親は、十年ほど前、八ッ場ダムの建設が盛んだった頃、村長をやっていた。K村のだよ。その父親が認知症になってしまった時、原田は、勝手に村長代理として八義建設連合、あるいは、そのボスの大河内昭と、村民には、知らせずに、裏で取り引きをして、大儲けをした。原田清之は、その金を使って静岡市の清水区で、コンビニを開店したことが、明らかになった。その真相が、公になることを恐れた八義建設連合か、あるいは、大河内昭かが、口封じのために、原田清之と、その妻を、毒殺してしまったのではないかと推測した。しかし、この推理には、かなり無理があったと思わざるを得ないんだ」

「どこに無理がありましたか？」

「第一は、犯人が、八義建設連合の関係者か、大河内昭だとすると、今になって、原田清之の口を、封じなければならない理由が、もう一つ、はっきりしないことだ。原田清之のほうは、今もいったように、K村村長代理の地位を、利用して、八義建設連合、あるいは、大河内昭から、村民には、内緒にして、かなりの額の、裏金を手にしている。それはまず、間違いないと、思っている。しかし、彼にはうしろ暗いところがあるんだから、自分から、それを公にするはずがない。したがって、今になって、八義建設連合、あるいは、大河内昭が、原田清之の口を封じなければならない理由は、どこにも、ないんじゃないか。そうなると、犯人は、別にいて、例えば十年前に、八ッ場ダムの建設に関して、村長代理の原田清之にだまされた村人たちが怒って、静岡市の清水区で、コンビニを経営しながら、ぬくぬくと、暮らしをしている原田清之に腹を立てて、毒殺してしまったのではないかとも私は考えてみた。しかし、その問題があったのは、今から十年、あるいは、それ以上も、前の話なんだ。その頃、八ッ場ダムの建設に絡んで、不正があり、裏金が動いたとしても、それが、今回の、連続殺人事件と、どう結びつくのか、その辺がまだうまく、整理できていないのだ」

十津川が、ここまで話し、一息ついた時、それまで、黙って聞いていた三上が、十津川に向かって、

「十津川君、一つ、聞いていいかね？」

「どんなことでしょうか？」

「今の話を聞いた限りでは、原田清之と、その妻を、殺したのは、昔の原田清之の不正に怒った村人と考えていいのではないかね？　素直に、そう考えたほうが、話の辻褄も、合ってくると、私は、思うのだがね」

「しかし、本部長、もし、K村の村人が、今頃になって、村長代理の、原田清之が、自分たちに黙って、八義建設連合、あるいは、大河内昭と、取り引きをして、裏金を手に入れた事実を知ったとしても、今さら、原田清之をわざわざ探し出して殺したりするでしょうか？　私は、そんなことはしないと、思うのです。第一、村人たちは、すでに、移住してしまっています」

「たしかに、それはそうだな。もし、村人たちが、怒っているとしても、その怒りをぶつけるには、あまりにも、時間が経ちすぎているね」

「私も、そう思うのです。それにK村の人たちが行動を起こすとしたら、原田清之のところに行くのではなく、直接、大河内昭のところに会いにいって、なぜ勝手に、村長代理を名乗る原田と裏取り引きをして、村民には内密に大金を渡したのか？　自分たちにも、補償金を出せと、要求しただろうと、思うのです」

「分かった。話を進めたまえ」

「静岡県警で、この事件の捜査を、担当している小山警部が、原田清之夫妻の周辺を調べた結果によれば、清水で自前の、コンビニを開いた原田清之夫妻が、そのために使った金額は、約五百万円だったそうです。正直にいって、ダム事業の、規模から考えれば、それほどの、大金ではありません。また、原田清之夫妻の、殺され方にも、疑問があります」

「疑問？　どんな疑問かね？」

「小山警部からの報告によれば、彼らが殺された五月十七日というのは、たまたま、原田清之の誕生日だったそうです。お祝いのワインを、贈られて、それが原田清之の好きな白の辛口の、ワインだと、店員に、話していたそうです。夫婦で、喜んでこのワインを飲み、その中に、含まれていた青酸カリによって亡くなったことが、司法解剖の結果、判明したというのです。ということは、原田清之夫妻は、このワインを、何の疑いもなく飲んだことに、なりますが、だとすれば、贈り主は、彼が裏切った村人とは、思えません。第一、村人ならば、原田清之の不正を、怒っていたとしても、いきなり殺したりはせず、自分たちに内密で手に入れた金を、よこせと、まず本人に要求すると思うのです。ところが、犯人は、青酸カリ入りのワインを贈って、原田清之夫妻を、殺してしまったのです」

「それでは、誰が、その青酸カリ入りのワインを、贈ったと考えているのかね？」

「いちばん考えられるのは、やはり原田清之が、村民に黙って、勝手に取り引きをした相手の大河内昭、八義建設連合に、関係のある人間です。ただ、犯人が、大河内昭、あるいは、八義建設連合だとすると、なぜ、十年も経って、原田清之を、殺すために、わざわざ、青酸カリ入りのワインを、五月十七日に、誕生日祝いに持ってきたのか、その点から解明していく必要があります」

2

本部長が、座を外したあと、十津川は、

「私が話したことについて、誰か意見なり、反論のある者は、いないか？　もし、いれば、どんなことでもいいから遠慮なく話してみてくれ」

と、部下の刑事たちの顔を見回した。

最初に、若い西本刑事が、自分の考えを十津川にぶつけてきた。

「警部、一つ疑問があります」

「どういうことだ？」

「横山弥生が、なぜ、急に、殺されたのかを考えた時、彼女が、H出版と契約して、十年前の吾妻線の思い出を、書こうとしていた。それが、今、彼女が殺される理由になったと、推測したわけですが、原田清之の場合も、横山弥生が書こうとしていた原稿が、関係しているんでしょうか？」

「横山弥生が殺されたのが、今年の五月十日、そして、一週間後の五月十七日に、原田清之夫妻が殺され、さらに、一週間後の五月二十四日に、磯村弁護士が、殺されている。立て続けに、殺されていることを考えると、理由が、なければならない。今のところ、唯一の理由として、考えられるのが、今、西本刑事がいった、横山弥生の原稿のことしかない」

十津川の断定に対して、西本が、さらに、質問した。

「横山弥生は、十年前には、吾妻線のファンの一人でした。原田清之が、勝手に、村長代理をやっていたK村の村人は、はたして、吾妻線の、ファンだったんでしょうか？」

十津川は、群馬県の大きな地図を取り出すと、捜査本部の壁に、貼りつけた。

「この地図を見てもらいたい。この群馬県の真ん中より少し上を、横に流れている川がある、これが、吾妻川だ。ここに川原湯温泉がある。この辺りを、中心にして、八ッ場ダムの計画が立てられた。つまり、吾妻川を、堰き止めて、そこに、ダムを造ろうというのが八ッ場ダム計画だったんだ。この吾妻川に、平行に走っているのが、JR吾妻線だ」

次に、十津川は、地図の中の、吾妻線の長野原草津口駅の近くに、赤いマジックで、小さな丸を描いた。

「原田清之が、村長をやっていた、いや、正確にいえば、彼の父親が、村長をやっていて、原田清之が勝手にその代理を務めていたK村は、ここだ。またダムの建設にしたがって、吾妻線の、路線が別のところに、移されることになっていたために、その前に、K村は移転することになった。その移転に際して、村長代理を自称した原田清之が、大河内昭、あるいは、八義建設連合と裏で取り引きをして、不正な金をポケットに入れてしまった。K村の移転は、すでに終わっている。また、これを見ると分かるように、八ッ場ダムの建設というのは、吾妻川を堰き止めて、造ることであり、その吾妻川に沿って走っているのが、吾妻線なんだ。つまり、ダムの建設によって、吾妻川は、大きな影響を受けるし、当然、吾妻線も、大きな影響を受けることになる。そして沿線に住んでいる人たちもだ」

「しかし、警部、私たちが現地を調査したところ、まだ、吾妻線のレールは、動かされて、いませんが」

と、西本が、いった。

「君のいう通り、現在はまだ、吾妻線のレールは、動いていない。しかし、すでに、吾妻線の新しい駅や、新しく架《か》かる鉄橋などは、出来上がっていて、明らかに、吾妻線は、ダムの建設が進めば、駅も別の場所に、移転するだろうし、レールも鉄橋も、現在の場所とは、変わったところに移るだろう。このことは、十年前には、すでに、決まっていたことだから、横山弥生が、吾妻線について原稿を、書くとすれば、このことも当然、書くことになるわけだよ。今、私が、地図に、赤丸をつけたK村の村長は、繰り返すが、原田清之の父で、原田清之本人が村長代理を自称して、大河内昭や、八義建設連合と裏で取り引きをして、不正な金を得ている。横山弥生が書く原稿には、当然、このK村のことも、書かれるはずなんだ」

「なるほど。警部の説明で、五月十七日に静岡市の清水区内で、コンビニを経営していた原田清之とその妻が毒殺された理由も、分かってきました。そうなると、問題は、今、警部がいわれた、横山弥生の書いた、あるいは、書こうとしていた原稿の内容に、かかってきますね？　そこに、今回の殺人を解決するカギがあると考えて、間違いありませんね」

と、西本が、いった。

十津川は、うなずいて、

「われわれが、注目しなくてはならないのは、まさに、そこだと、私も考えている。横山弥生の原稿が、本になる前に、書いた本人の横山弥生は、殺されてしまい、しかも、原稿を、本にして出そうとしていたH出版の三人も殺されてしまった。当然、これからの捜査は、難しくなるが、何としても、横山弥生が書いた原稿、あるいは、書こうとした原稿を見つけ出す必要がある。そのために君たちの頑張《がんば》りに期待しているんだ」

十津川は、改めて、刑事たちの顔を、見回した。

3

刑事たちは、十津川がいう問題点を明らかにするような、証拠、あるいは、証言してくれる人間を探して、関係者に、当たることになった。

その一つとして、以前、十津川が北条早苗刑事と一緒に会った、金子雅之に、今度は、十津川と亀井の二人で、会うことにした。

金子雅之は、横山弥生と一緒に、吾妻線のファンクラブに、入っていたという男で、現在は、東京に住んで、中野で、コンビニ店の店長をやっている。横山弥生が、吾妻線のことを書いて、本にすることになっていたことを、はっきりと証言した男である。

十津川は、亀井を連れて、金子雅之に会いにそのコンビニに行った。

午後六時に、夜間勤務の店長と、交代した後で、十津川たちは、金子を、近くの喫茶店に誘った。

コーヒーとケーキを、注文した後、まず、十津川が、

「先日は、お忙しいところ、いろいろと、お話をお聞かせいただき、ありがとうございました。金子さんのおかげで、捜査が、進展しています」

金子に、礼をいった。

「それはよかった。横山弥生を殺した犯人が、見つかったんですか？」

と、金子がきく。

「いいえ、残念ながら、まだ、そこまでは、いっておりません。ただ、かなり、絞られてきたことは、間違いありません。さらに、捜査を前進させるために、もう一度、金子さんのお力を、お借りしたいのです」

と、十津川が、いった。

「もちろん、協力することは、いっこうに構いません。私が、知っていることなら、何でもお話ししますよ。それで、私に、どんなことを、お聞きになりたいんでしょうか？」

「実は、私たちが、いちばん知りたいのは、横山弥生さんが、書こうとしていた、原稿の内容なんですよ。横山弥生さんが、いったい、何を書こうとしていたのか？　また、八ッ場ダムの建設や吾妻線の移転などに絡んで、彼女が、どんなことを、調べていたのか？

どこまで書いていたのか？　それを、知りたいのですが、金子さんは、ご存じありませんか？」

十津川がいうと、金子は、ちょっと考えてから、

「それならば、一人、同じ、吾妻線ファンの人がいるので、その人を、呼んでもらえませんか？　女性ですが、彼女も今、東京に、住んでいます。彼女のほうが、僕よりも、横山弥生さんと親しかったから、いろいろな話を、知っていると思います」

金子がいう、その女性は、名前を沢田喜美《さわだよしみ》といい、現在、横山弥生と同じ、三十歳だという。今は群馬県から、四谷《よつや》に移り住んで、アルバイトをしながら、絵画の勉強をしているという。

十津川は、金子に、

「できれば、あなたから、その沢田さんに電話をして、こちらに、来てもらうようにしてもらえませんか？」

「分かりました。電話してみましょう」

金子が電話をしてくれて、一時間近くかかって沢田喜美が、店に現れた。

三十歳にには、見えない小柄な女性である。

十津川の前に座った沢田喜美のために、十津川は、コーヒーとケーキを、追加注文して

から、急に、呼び出したことを詫《わ》びた。

金子がいうように、横山弥生とは仲がよく、十年前には、横山弥生と一緒に、吾妻線のファンクラブにいたという。

十津川は、沢田喜美にも、同じことをきいた。

横山弥生が、原稿に、いったい、どんなことを、書こうとしていたのか、もし、書き終わっているとしたら、その原稿は、今、誰が、持っていると思うかを聞いた。

沢田喜美は、十津川の質問に対して、あっさりと、

「申しわけありませんけど、弥生の原稿のことは、そんなに詳しく知りません」

十津川は、その言葉に、少しばかり、落胆した。

しかし、K村について触れると、沢田喜美は、嬉しそうに、ニッコリして、

「実は、私、そのK村で、生まれ育った人間なんですよ」

と、今度は、十津川を喜ばせた。

「そうですか、K村の生まれ育ちですか。たしか、K村は、八ッ場ダムの計画が持ち上がってから、かなり早い時期に移転を、決定した村ですよね。私は、そう聞いていますが」

「ええ、そうなんです。八ッ場ダムの計画が進むにしたがって、多くの村が、なくなりましたけど、今、警部さんが、いわれたように、このK村は、比較的早い時期に、移転が決

まりました」

「そうですか」

「K村のある場所が、吾妻線の沿線で、吾妻線の路線が、ダムの建設にともなって、動いてしまうということで、当然、村も移転しなければ、ならなかったんです。でも、私とか、弥生みたいな吾妻線ファンクラブの人間が、吾妻線の駅とか鉄橋とか、路線の移動に対して反対運動を起こすと、もしかしたら、移転しなくても、済むのではないかと考える村もあって、そうした村は、状況を、見守っている感じで、早々と、移転はしませんでした。そんな中で、私のいたK村だけは、早い時期に、移転してしまったんです」

「どうして、そうなったんですか？」

十津川がきいた。

「それは、お父さんに代わって、村長代理を務めていた、原田清之さんが、私たち村人には内緒でダム建設の責任者になっていた大河内昭さんが作った、八義建設連合と勝手に話をつけてしまって、移転する日にちまで、決めてしまったからですよ。それも、村を代表した形で、契約書を、取り交わしてしまっていたんで、村人の中には、原田清之さんのやり方に腹を立てていた人も、いましたけど、契約書が作られてしまっては、もうどうすることもできないというのが真相なんです。私自身は、村が、ほかの場所に、移るという事実を、どうしても受け入れることができなくて、一人で、サッサと、東京に出てきてしまったんですけどね」

と、喜美が、いった。

「ということは、K村が、移転しなければならなかった、いちばんの理由は、K村と吾妻線との関係に、あったわけですね？　吾妻線の駅や、鉄橋や路線が、移動するので、K村もそのために、どこかに、移転しなければならなかった。そう理解していいわけですね？」

「ええ、警部さんが、おっしゃる通りです。でも、結局、K村が、移転した後になって、八ッ場ダムそのものの建設が中止になってしまったり、また、再開されたかと思ったら、もう一度、中止になったりと、計画が、コロコロ変わるので、K村の人たちは、みんな、怒っているんです。いまだに、八ッ場ダムの建設が、いつ再開されるか、分からないので、結局、ダム建設はしないいんじゃないのか。もし、そうなれば、K村が移転する必要は、全く、なかったのではないか？　そんなふうに考えて腹を立てる人も多いんですよ」

と、沢田喜美が、いった。

「横山弥生さんは、そうした、K村の移転について、原田清之の動きなんかも入れて書くつもりだったんでしょうか？」

と、亀井が、きいた。

沢田喜美が、すぐには、返事をしないでいると、金子が、口をはさんで、

「君がいちばん、横山弥生さんと仲がよかったんだから、吾妻線の、何を書くか、いろいろと、相談を受けていたんじゃないの？」

「ええ、もちろん、相談は、受けていたわ。だって、私は、弥生と一緒に、ＪＲ東日本の高崎支社に、抗議に行ったりもした仲ですからね。弥生も、私にいちばん、相談しやすかったんじゃないかと思いますよ」

と、沢田喜美が、いった。

「それでは、あなたは、横山弥生さんが、Ｈ出版社と契約して、吾妻線について書くことに、なっていたのは、もちろん、知っていたんですね？」

十津川が、きいた。

「ええ、もちろん知っていました。弥生は、私と一緒に、吾妻線のことや、ダム建設のことを書いて、私が望むなら、二人の名前で、本を出してもいいとまでいっていたくらいですから」

「それでは、彼女は、絶えず、あなたと相談しながら原稿を書いていたんじゃありませんか？」

「ええ、もちろん、そうです。電話で、この点については、どう、書いたらいいだろうかという相談を、受けたり、パソコンを使って、原稿の内容についてのメールを送ってきたりしてましたよ」

と、喜美が、いう。

「K村の移転に絡んでの話ですが、吾妻線の駅や鉄橋、路線などの、移転問題も起こっていた。そのことも、横山弥生さんと、話し合いましたか？」

「ええ。だって、私は、その頃、弥生と一緒に、吾妻線ファンクラブに入っていたし、その上、K村の人間ですから、その頃の、移転問題についても、ほかの人よりも、知っていたので、いろいろと相談されましたよ」

「その質問の中には、K村の、原田清之村長代理が、大河内昭や八義建設連合と、村人には黙って、勝手に話を、進めていたということもあったんですか？」

十津川が、きいた。

「ええ、もちろん。そういう噂は、すでに、十年前にも、流れていましたから」

「K村の人たちですが、原田清之村長、正確にいえば、村長代理ですが、彼が、大河内昭と裏で、こっそり、取り引きをして金を儲け、その金で、静岡市の清水区で、自営のコンビニの店を、やっていることは、知っていましたか？」

と、十津川が、きいた。

「知っている人も、いたし、知らない人も、いました」

「知っている人は、腹を立てていたんじゃありませんか？　村人には、内緒で、大河内昭なんかと、裏取り引きをして、金をもらったんですからね」

「そうですね、もちろん、そのことを知って、誰だって、怒っていたと、思いますけど、すでに、自分たちは、移転してしまった後だし、あれからもう、十年以上も経ってしまっていますから、今さら、怒っても仕方がないと思って、諦めていた人も、多かったと思います。ですから、原田清之のところに、乗り込んでいって、ぶん殴ってやるとか、文句を、いってやるといった、そこまでは誰も、考えていなかったと思います。そんなことよりも、今、K村の人たちが、いちばん、気にしているのは、はたして、八ッ場ダムが、本当に、できるのかどうかだと思うんです。ダムができなければ、村が移転したことが、全く無駄になって、しまうわけですし、ダムができてくれれば、何とか、移転先でも、生きていくことができる。つまり、新しい生活が、できるわけですよ」

と、喜美が、いった。

「原田清之ですが、彼が、奥さんと一緒に、五月十七日に、毒殺されたことは、K村の人たちは、知っているんでしょうか？」

「そのことについても、知っている人もいるし、知らない人も、いると思いますよ。私なんかは、テレビや新聞のニュースで、見ましたから知っていましたけど」

「われわれは、原田清之夫妻が八ッ場ダムに関係する何者かに、殺されたと見ていますが、K村の人たちは、その点をどう、考えているんでしょうか?」

「私は、原田清之さんは、殺されて当然だと思っていますよ。でも、K村の人たちが、原田さんの死について、どう思っているのかは、私には、分かりませんね。そのことは、K村の人たちと話したことが、ありませんから。K村の人たちの、最も大きな関心事は、はたして、八ッ場ダムが、建設されるかどうかなんです。逃げ出した、原田清之さんのことなんか、今はもう、誰も、気にしてないと思いますね」

喜美が、いった。

「何回も、聞きますが、横山弥生さんは、あなたに、原稿のことで、相談をしていた。K村の移転に絡んで、あなたが、K村の人間だったので、そのこともいろいろと聞いていた。これは、間違いありませんね?」

確認するように、十津川が、喜美に、念を押した。

「ええ、間違い、ありませんよ。私がK村出身の人間で、彼女からは、何度も、質問の電話がかかってきて、いろいろなことを、聞かれましたし、メールもちょくちょく、届いていましたから」

「それは、いつ頃の話ですか?」

　亀井が、きいた。

「一つ確認しますけど今、刑事さんが質問されているのは、私が、弥生に、K村のことを、聞かれた時が、いつだったかと、いうことですか?」

「そうです。横山弥生さんが、あなたに、相談したその時が、いつだったかを、知りたいんです」

「彼女が書くことになった本のことですけど、H出版という出版社から、頼まれて、これから原稿を書くことになった。助けてほしい。彼女からそんな電話があったのは、かなり、前でした。K村について、いろいろと、聞かれたのは、たしか、五月の初めじゃなかったかと、思います。連休の日に電話がかかってきて、K村について、聞かれたことを、今でも、よく覚えています」

　と、喜美が、いった。

「それは、五月の、何日ですか? われわれは、はっきりとした日にちを、ぜひとも、知りたいんです。五月の何日に、横山弥生さんから、電話が入って、K村のことについて、聞かれたのか? 五月の一日だったのか、それとも、二日だったのか? あるいは、三日だったのか？　それが、知りたいのですが、具体的な日にちは分かりませんか？」

「ちょっと待ってください。今、思い出しますから」

と、いって、沢田喜美は、しばらく、考えていたが、

「思い出しました。そういえば、連休のいちばん、最後の日でしたよ。ですから、五月の五日じゃなかったかしら？　ええ、そうです、五月五日で、間違いありません」

と、いった。

十津川は、手帳を、取り出して、日付を確認していたが、

「たしかに、五月五日は、祝日ですが、その日は、日曜日ですから、翌日の五月六日が振りかえ休日になっています。そのどちらでしょうか？　あなたが、おっしゃるように、連休中のいちばん最後の日といえば、六日じゃないですか？」

「いいえ。間違いなく、五月の五日でした。絵画の勉強で、専門学校に、通っているんですが、そちらには、振りかえ休日はありません。ですから、ゴールデンウィークの最後の日だったと、記憶しているのです。五月五日で、間違いありません。六日じゃありません」

と、喜美が、いった。

長野市内で、横山弥生が、刺し殺されたのは、五月十日である。沢田喜美がいうように、五月五日に、横山弥生が、親友の彼女に電話をして、K村の様子や、原田清之のこと

について聞いたのだとすれば、殺されるまでには、まだ、五日あったことになる。したがって、その部分の、問題の原稿は、殺された時までの五日間で、すでに、書き上がっていたと考えて、いいのではないだろうかと、十津川は思った。

「これは、金子さんと、沢田さんのお二人にお聞きしたいのですが、横山弥生さんは、頼まれていた原稿を、すでに、書き上げていたでしょうか？　それとも、まだ途中だったのでしょうか？　彼女が殺された、五月十日までにです」

と、十津川が、聞いた。

二人は、顔を見合わせていたが、沢田喜美が、

「五月十日でしたら、おそらく、原稿は、その時点で、出来上がっていて、何回か読み直していたのではないかしら？　私は、そう、思いますけど」

「どうして、そう、思われるんですか？」

「彼女が、殺されたのは五月十日でしたよね。思い出したんですけど、その二日前の五月八日の夕方、弥生から電話がかかってきて、今度、原稿を読むから聞いてちょうだいと、いわれたのです。私に読んで、聞かせるというからには、すでに出来上がっていたんだと、思いますよ。ただ、二日後の五月十日に、殺されてしまいましたから、結局、どんなことを、書いたのかは、聞けないままで、終わってしまいましたけど」

沢田喜美が、いった。

それでも、十津川は、あくまでも、日付にこだわった。とにかく正確を期したいのだ。

「金子さんは、今の、沢田喜美さんの話を、どう思われますか？ 横山弥生さんは、五月十日の時点で、原稿を、書き終わっていたと、思いますか？」

「さあ、どうでしょうかね、正直いって、私には、何ともいえません。ただ、横山弥生さんは、吾妻線の、ファンクラブに入っていた時、そこで、会報の原稿を書いたり、時には、『吾妻線を愛している人たち』といったタイトルで、インタビュー記事を、書いたりもしてましたが、とにかく、原稿を書くのは、とても、早かったですよ。手書きではなくて、パソコンで打つんですけど、彼女は、話すのと同じ速度で打つことが、できました。僕なんか、パソコンを打つのが、遅いので、ビックリしたものですよ」

と、金子が、いった。

「よく分かりました。五月十日の時点で、横山弥生さんは、すでに原稿を、書き上げていたとして、話を、進めましょう」

十津川は金子と喜美の顔を見て、

「横山弥生さんは、五月十日に殺されてしまいました。表向きは、彼女が働いていた、飲み屋で、酔っ払った客に絡まれた挙句、刺されて、死んだということになっていますが、われわれは、これは、ケンカを装《よそお》った計画的な、殺人事件ではないか、最初から、彼女を殺すつもりで仕組んだ、殺人ではないかと考えているのです。犯人の動機は、横山弥生さんが、H出版から、頼まれて書いていた原稿にあるとも考えています。その原稿を奪《うば》うために、犯人が、横山弥生さんを、殺し、彼女が住んでいたマンションに、行って、問題の原稿を奪い取ってしまったのではないか？　そうなると、問題は、横山弥生さんを、殺した犯人が、いったい誰かということになってくるのですが、金子さんや沢田さんは、誰が、横山弥生さんを殺したと、思いますか？　誰か、思い当たるような人がいますか？」

十津川が、二人に、聞いた。

4

金子雅之と沢田喜美の二人は、すぐには、十津川の質問には答えず、しばらく、黙っていたが、

「決まって、いますよ。もちろん、横山弥生さんの書いた原稿が、本になって、世の中に出ては、困ると思っている人じゃないんですか？　それ以外の人間は、考えられませんね」

金子雅之が、いい、沢田喜美も、うなずいて、

「私も金子さんと同じです。弥生に、本を出してほしくないと、思っている人間だと思います」

「たしかに、お二人がおっしゃる通りなんですが、具体的にこの人間、という人は、いませんか？」

十津川が、いった。

「そこまでは、私には、分かりませんよ。何しろ、私は、コンビニの店長で、警察の人間じゃないですから」

と、金子が、笑いながらいい、沢田喜美も、

「私にも分かりません」

十津川にも、今の時点では、横山弥生を殺した犯人が、いったい、誰なのかは、分かっていない。

十津川たちが、横山弥生が、H出版と契約を交わしていたと、推測して、捜査を始めた途端に、北千住の、H出版のビルに火がつけられ、社長と出版部長、そして、社員の三人が、焼死した。

これは、明らかに、十津川たちの捜査に、合わせるようにして、何者かが、H出版の社

長たち三人を、火事と同時に、殺してしまったのだ。

H出版の社長や、出版部長たちが亡くなったことは、普通に考えれば、十津川たちの捜査が壁にぶつかったことになるが、十津川は、それを、逆にとらえた。

十津川たちが、調べていたことが、間違いなく、今回の事件の核心だという証拠だと、考えたのだ。

さらにいえば、犯人は、H出版の社長や出版部長たちを、殺すことで、一安心したことになってくる。

これを、どう考えたらいいのか？

もし、犯人が、横山弥生を、殺して、彼女の書き上げた原稿を、奪っていったとすれば、別に、H出版の社長や、出版部長たちを、殺す必要はなかったのではないか？

しかし、犯人は、H出版のビルに、火をつけて、三人の人間を、焼死させているのである。

彼女の部屋から、奪ったと思われる、パソコンにも、原稿の控えは、用心して、残されていなかったのだろう。

とすると、横山弥生が書き上げた原稿は、なかなか、ある場所が分からなくて、何日もたって、分かった時には、H出版の社長か、出版部長、あるいは、担当の社員の誰かが、持っていたということになってくる。

しかし、H出版のビルが焼け、そして、社長たち三人が焼死したことによって、残念ながら、原稿も、ビルと一緒に、焼失したことになる。

しかし、十津川は、これで、捜査が、壁にぶつかったとは思わなかった。いや、そう、思いたくはなかった。

たしかに、問題の横山弥生の書いた原稿が焼失してしまったと思われることは、残念だが、五月中に起きた、三つの殺人事件の、その動機は、横山弥生が書いた、十年ほど前の吾妻線の記録、そして、吾妻線に絡んで、八ッ場ダムのことも書いたに違いない原稿にあることが分かったからである。

それだけでも、収穫だと、十津川は、思っていた。

そして、次に、考えなければならないのは、第三の、殺人事件である。

東京で殺された、磯村弁護士が、二十歳前後の時に、働いていた不動産鑑定士事務所の、吉田という所長が殺された事件が、大きくクローズアップされてくる。

殺人の動機は、おそらく、この事件のことを横山弥生が、原稿の中に、書いていたためでは、ないのだろうか？

その可能性が、大きくなったと、十津川は確信した。

第六章　最後の疑問

1

軽井沢に、遊覧飛行の会社がある。十津川は亀井と、この会社を訪ね、ヘリコプターを一日、チャーターすることにした。

まず、十津川は、パイロットに、持参した地図を広げて見せ、飛んでもらうルートを確認した。

「地図上の赤い線は、JR吾妻線の線路です。赤い線の上の黒い点は、駅の位置を示しています。これを参考にしながら、この吾妻線の路線上を、何回か、往復してください。それを上空から写真に撮りたいのです」

十津川は、パイロットに説明した。

「このJR吾妻線の沿線は、八ッ場ダムの建設現場ではありませんか？　以前に一度、似たコースを飛んだことがあります」

「その時は、どんな目的で、飛んだんですか？」

「何でも、ダム建設の、予定地を、空から確認したいというようなことで、たしか、国土交通省の役人さんを乗せて、飛んだんじゃなかったですかね。八ッ場ダムというのは、今から、六十年も前に計画されたんでしょう？　でも、途中で、中止になったんですよね？」

「その通りです。最近になって、また再開されることになりました。われわれは、ある事件の捜査の参考に写真を撮って、検討の材料にしたいのです」

「なるほど」

「あなたがいわれた通り、吾妻線の沿線はダムの建設現場になっていますが、地図上の白い点は、今までに作られたダムをまたぐ橋梁です。高さが、数十メートルあるものもありますから、十分に、気をつけて飛んでください」

「分かりましたが、警察が、どうして、吾妻線や、八ッ場ダムの写真を、撮るんですか？　今、ある事件の参考といわれましたが？」

パイロットが、きく。

「申しわけないが、今はその質問には、お答えできない」

「分かりました。一つだけ確認しておきたいのは、撮った写真が、人を傷つけたりはしないでしょうね？」

パイロットが、真面目な顔で、十津川に、きく。

十津川は、苦笑して、

「もちろん、捜査にしか使いません。あくまで事件の捜査の参考です」

「それで安心しました」

と、いってから、パイロットは、

「それでは、行きましょう」

と、十津川を促した。

今回、十津川は、警視庁専属のカメラマンにも同行してもらっていた。女性カメラマンである。名前は、島田《しまだ》ななみ。特に彼女を選んだのは、彼女が、鉄道ファンで、趣味で撮った鉄道の写真をまとめた写真集を、すでに、二冊出していると、聞いたからである。それなら、おそらく、吾妻線に関する知識も持っているだろう。

三人を乗せたヘリコプターは高度を上げて、いったんホバリング姿勢をとってから、北に向かった。しばらく、北上して飛ぶ。

十津川は、眼下に流れる景色を、じっと、見つめた。間もなく、吾妻川と、川沿いに伸びる吾妻線の線路が見えてくるはずだった。

が、それよりも先に、突然、百メートル近い高さのコンクリートの柱が目に飛び込んできた。

パイロットが慌てて、そのコンクリートの柱を避《さ》ける。

そのコンクリートの柱は、それ一本だけではなかった。二本三本と間隔《かんかく》をあけて建っている。

「あれが、将来ダム湖にかかる橋架で、あの上が道路になる予定です」

と、パイロットが、説明してくれた。

「じゃあ、ダムが出来れば、あの高さまで、水が来るということになりますね。そうなれば、今、下に見えている建物は、全部、水没するわけだ?」

十津川がいう。

「その通りです。全てダムの底に、沈んでしまいます。それにしても、一度は、ダム建設が、中止になって、あの高い柱は全部ムダになるところだったんですが、工事が再開されて、国としても、何とか、格好がつくんじゃありませんか?」

と、パイロットが、いう。

その時、

「下に線路が見えます」

と、カメラマンのななみが、いい、カメラを構えた。

なるほど、目の下に、線路が、伸びているのが見える。

「あの線路の上を、列車が走るところを、写真に撮ってくれ」

十津川が、ななみに、指示した。

ヘリが高度を落とし、線路に沿って飛び始めた。

眼下に線路は、鈍《にぶ》く光って続いているのだが、なかなか、列車の姿は、見えてこない。

そして、その代わりのように、線路をまたぐ格好で、何本ものコンクリートの柱が並んでいる。

どの柱も、百メートル近い高さである。その柱は、まだ結ばれていないが、パイロットがいったように、新しい道路があの高さで、出来るのだろう。

それは、ダム湖にかかる道路だったり、鉄橋だったりするのだろうが、まだ完成した形は見えてきていない。

そのうちに、

「列車が、見えました」

ななみが大きな声で、叫んだ。

眼下の線路の上を、やっと、列車が走っているのが見えた。

線路を横断する形で何本ものコンクリートの柱が立っているから、たぶん、あの線路も、ダムが出来れば、水没してしまうことになるのだろう。だとすれば、線路も駅も、ほかの場所に、移すに違いないと、十津川は、思った。

ヘリコプターは、吾妻線の線路に沿って、往復し、ななみは、写真を撮りまくった。

やがて、燃料が少なくなってきたので、ヘリコプターは、軽井沢の基地に戻り、燃料を積み直して、吾妻線の線路と列車、そして、その周辺の風景を写すために、また、飛び立った。

上空から見ると、ダムの建設現場が、というよりも、ダム建設が中止になった様子が、はっきりと分かる。

おそらく、このままダム建設が、中止になってしまえば、林立するコンクリートの柱は、廃墟の中の奇妙な、モニュメントのように見えるだろう。

家を新築しようとして、杭《くい》を何本も打ったところで建設が中止されれば、杭だけが残る。ちょうどそれと同じような残骸《ざんがい》に、見える。

ダムの建設は、再開されることになった。

しかし、建設が、再開されたような様子は、どこにも、見られない。おそらく、本格的なダム建設は、これから、再開されるのだろう。そうなれば、吾妻線は、いったい、どうなるのか？

少なくとも、今、目の下に見える線路は、間違いなく、ダムの底に、沈んでしまうはずだから、線路は、移動させられることになるだろうし、駅も、当然、どこかに、移動することになるのだろう。

2

十津川は、合計三回、基地と、吾妻線との間を、往復してもらった。

捜査は今、中途半端なところで、壁にぶつかっている。今日は、いわば、その壁を乗り越えるための、ヘリコプターからの撮影だった。したがって、あとになってから、また撮影をし直すというわけには、いかないのである。

だから、ダブっても構わないから、三回にわたって、吾妻線に沿って、なめるように飛んでもらい、カメラマンの島田ななみに撮影してもらったのである。

厖大《ぼうだい》な枚数の写真が、彼女によって、撮影された。

十津川は、それをまず十分の一に絞り、さらに吾妻線の線路と、列車が写っている写真だけに絞って、百五十枚の写真を、捜査本部に持ち帰り、その写真を、もとにしての捜査会議の開催を、三上本部長に要請した。

三上が承諾して捜査会議が開かれると、十津川はまず、ヘリコプターから見た、八ッ場ダムと吾妻線の現状を説明した。

「中止になっていた八ッ場ダムの建設が再開されることになったのは、今から二年前です。その後、八ッ場ダムの建設工事に関して、八十七億円の追加予算が成立しています。しかし、この写真を見ていただければお分かりになると、思うのですが、本格的な建設工事は始まっていません。おそらく、本格的な建設に入るのは、来年度に、なってからと思われます。私が問題にしたいのは、八ッ場ダムの建設が、いったんは中止と決まったことに、あります。この工事は、国内で、最大のダム工事といわれ、総事業費四千六百億円という日本では最高額の工事と、いわれていました。当然、さまざまな利権が動いたことは、容易に、想像ができますが、とにかく、いったんは、建設の中止が、決まりました。普通の公共工事では、さまざまな利権が問題になるのに、この八ッ場ダムでは、それが表沙汰《おもてざた》にならなかったのは、建設が中止になったためだと思われます。つまり、全てが、中途半端になってしまったのです。ところが八ッ場ダムの建設が再開されることになりました。今度は間違いなく、何年後かにダムは、完成しますから、ここで、埋もれていたさまざまな問題が息を吹き返してきたと思うのです。もちろん、利権問題もです。三つの殺人事件が起きたのは、ダム建設の再開が決まったことで、眠っていた利権問題が、目を覚まして、殺人事件に、繋《つな》がったのではないかと、考えていたのですが——」

「私も、そう、考えているのだが、違うのかね？」

三上が眉を寄せて、十津川を見た。

「それが違うらしいと、考えるようになりました。この写真を見てください。ご覧になれば分かりますが、ダム建設の再開が発表されてから、二年というのに、ほとんど建設は進んで、いないのですよ。もちろん、小さな建設は、再開されていますが、はっきりと目に見える建設は、再開されていないのです」

「たしかに、そのようだな」

「この状況で、新しく八十七億円もの新しい予算が、計上されました。その八十七億円を狙って、利権が動いたのか？　しかし、繰り返しますが、この写真の状況では、建設は、再開には遠く、利権も動かないのではないかと思うのです。再開が決まっても、現地の声を聞くと、本当にダムが完成するのかどうか、危ぶむ声が、大きいのです。そんな状態で、利権問題が、生まれるとは、とても思えないのです。来年になって、ダム建設が、本格的になれば、それにつれて、また、利権が生まれてくるとは思いますが、この写真を見る限り、今は、無理でしょう。そう考えると、今回の三つの殺人事件が、八ッ場ダムの利権絡みで、起こったという、最初の推理は、どうも説得力がなくなってくるのです。今も申し上げたように、ダムの建設が、中止されるまでに、建設にともなって、さまざまな利権が動いたことは、考えられます。しかし、建設の中止で、その利権は、裏に、隠れてしまった。そして、今度は、再開です。当然、利権問題が目を覚ます。あるいは、新しい利権が生まれると考えられるのですが、何度もいいます。この写真をよく見てください。そして、地元の声を聞くと、多くの人が、本当にダムが、完成するのかどうかを危ぶんでいるのです。そうしたあやふやな話の中で、利権は、おそらく、生まれないでしょうし、生まれたとしても、大きくはならないだろうと、思うのです。そうなると、これからの捜査方針が、どうにも、おかしなものになってくるのです。何しろ、三つの、殺人事件の動機を、八ッ場ダムの建設にかかわる利権問題があって、それが、こじれたことによると、これまでは、考えていたからです。三つの殺人事件を、八ッ場ダム建設にともなう、利権問題があって、それが動機になっていると、考えたわけですが、現地を見てくると、どうも弱いように思えてくるんです。他の動機なのか、何かがプラスされているのだと思ってしまうのです」

「君の考えと、ダム建設再開に関する現在の状況は、今の説明でよく分かったが、君は、どうしたらいいと、思っているんだ?」

「私は、こんなふうに考える必要があると、思っています」

と、十津川が、いった。

3

十津川は、言葉を続けた。

「最初に起きた五月十日の、殺人事件ですが、吾妻の住人だった横山弥生が、長野市内の飲み屋で、客と口論の挙句に、ナイフで刺されて、殺されました。その後、分かったことは、吾妻線の、ファンクラブに入っていた横山弥生に、八ッ場ダムの建設で揺れる人々と、吾妻線の問題についての原稿を、東京の出版社が、依頼していたことです。その原稿には、利権問題で、踊った人たちの一人として、静岡市の清水区で、コンビニを経営していた原田清之と妻の敏江が登場して、原田が絡んだ利権の話が、出てくるのではないか?そう考えた犯人に、横山弥生に続いて、五月十七日に、原田清之夫妻を、殺したのではないかと私は、推理しました。さらに五月二十四日、今度は、三番目の被害者として弁護士の、磯村圭吾が殺されました。二十年前、磯村圭吾は、八ッ場ダム建設の真っただ中にあった、川原湯温泉駅の近くで、不動産鑑定の吉田鑑定士事務所に雇われていて、その時に、所長の吉田鑑定士が、ダム建設に絡む利権と戦っていて殺されるという事件が、起きていました。横山弥生の原稿の中に、この事件のことが、書かれているのではないかと、その犯人が疑って、裏を知る磯村圭吾を、殺したと考えたのです」

「君のその考えは、前にも、聞いた。私も、それで間違いないだろうと思っているんだがね」

と、三上がいう。

「横山弥生は、H出版という出版社に頼まれて『思い出の吾妻線』と題した、吾妻線の思い出を、原稿にしていました。当然ダム建設のことも出てくるので、利権問題が、明るみに出てしまうと、危惧《きぐ》した犯人は利権の関係者について、続けて口を封じたのだと私は、確信したのです。しかし、ダム建設が、再度始まることになっても、写真のように、ほとんど進んでいないのです。工事が、本格的になるのは、来年に、なってからだと、誰もが、証言しています。そうなると、今の写真のような状況で、昔の利権が問題になり、それが原因ではたして殺人事件が起きるだろうかと、考えて、しまったのです。来年度になって、八ッ場ダムの建設が、本格的になった、その時期ならば、昔からの、利権絡みで殺人が起きたとしても、少しも不思議だとは思わないのです。何度も繰り返しますが、ここ一、二年、建設は再開されたものの、ほとんど、本格化していません。それに、ここまで来るのに六十年以上も、かかっているのですから、今度こそ本当に、八ッ場ダムが完成するのだろうか？　そう疑っている地元の人々も少なくないのです。そんな雰囲気の中では、利権はふくらまないのではないかと考えてしまいます」

「しかしだね、横山弥生の原稿に、それまでの利権の動きとか、利益を手にしたのは誰なのかとか、そんなことが、はっきりと書かれるのではないかと心配して、犯人は、最初に、横山弥生を、殺してしまった。それが、今までの、君の推理だったんじゃないのかね？」

「その通りです」

「それだけじゃない。横山弥生の原稿の話が出てくる前は、今回の一連の殺人事件の容疑者として、大河内昭の名前と、彼が作ったトンネル会社、八義建設連合の名前も出していたんだよ。それが、今度の君の新しい推理では、これらの名前も、消えてしまうのかね？」

三上がきく。

「その通りです」

「しかし、少なくとも、この大河内昭と、彼の作った八義建設連合が、連続殺人事件に、絡んでいると、君は、いっていたんだよ。その言葉も、撤回《てっかい》するというのかね？」

意地悪く、三上本部長が、きいた。

「大河内昭と、彼の作った八義建設連合は、今回の八ッ場ダムの建設に絡んで、建設を請け負っていますが、大河内昭が、ダム建設に絡んで、多くの賄賂を受け取っていることは、まず、間違いありません。ですからこのことが、事件の間接的な動機になっていると思っています」

「それでは、連続殺人事件の真相に迫っているとは、いえんだろう？　今でも、大河内昭のことを容疑者として見ているのかね？」

「今のところは、三つの殺人事件についての見方を、ここに来て、変更せざるを得なくなったことを、まず申し上げたいのです」

「ほかにも、疑問がある」

三上本部長は、追及の手を、緩《ゆる》めようとは、しなかった。

「横山弥生が、殺された事件の後で、彼女に原稿を頼んでいたH出版の社長、出版部長と、それに横山弥生との連絡に、当たっていた担当の編集者の計三人が、何者かに殺された。その上現場が放火された。原稿は見つからなかった。この三人が、殺された件を、君は、今回の事件と、どんなふうに、結びつけるのかね？」

「H出版が、横山弥生に、吾妻線についての、原稿を依頼したことは、間違いありません。今のところは、この場合も、八ッ場ダムの建設に絡んでの賄賂とか、買収といったダム建設の闇《やみ》の面が、横山弥生が書いている原稿の中に、書かれているのではないか？　そう考えた犯人が、先回りして、執筆を依頼したH出版の社長や出版部長、それに、担当の編集者、この三人を殺し、放火したのです。そう考えるよりほかありません」

「ということは、この三人を、殺したのも、同一犯人の仕業《しわざ》だと、考えているのかね？」

「そうです」

「しかし、それを証明できるのかね？　問題の原稿が、いまだに、見つかっていないんだろう？　そうだとすれば、利権絡みの人間たちの行為が、はたして書かれていたかどうかも、分からんだろう？」

「たしかに、原稿が見つからないので、内容は分かりません」

と、十津川が、いった。

4

十津川は、横山弥生の原稿がどこにあるか、誰が持っているのかを、必死で探した。

もし、横山弥生が、書いていた原稿が、そっくりそのまま、発見されれば、それによって、今回の、一連の事件は、一挙に、解決してしまうかもしれない。ところが、肝心の原稿が、いっこうに見つからないのである。

ひょっとすると、横山弥生に原稿を頼んだH出版に、すでに、彼女の原稿が届いていて、その出版の準備を、している最中に犯人が、三人を殺し、放火したとすれば、横山弥生の原稿は、焼失してしまったのかもしれない。

そうだとすると、いくら探しても、見つからないわけである。

ほかに、原稿の持ち主として考えられるのは、横山弥生の友人である。特に、一緒に吾妻線のファンクラブを作り、ダムの建設によって、吾妻線の路線が、動かされたり、駅舎を、全く別のところに、作ったりすることはやめて欲しいと、横山弥生が、JRに要望した時に、同行していた友人たちである。

捜査に協力してくれた、金子雅之、沢田喜美たちに、もう一度接触して、横山弥生の原稿を持っていないかどうかを質問して回ったが、結局、持っているという友人は、一人もなかった。

もちろん、そうした証言を、百パーセント信用したわけではない。もしかすると、ウソを、ついているのではないかとも、考えた。ここに来て、横山弥生の原稿を欲しがる人間が増えてきたからである。もちろん、警視庁捜査一課もそのひとつだ。

金子雅之たちが、横山弥生が書いた今回の原稿がかなり高価になるに違いないと、考えるかもしれない。

そうなると、十津川たちの捜査は、いっそう難しく、面倒なことになる。

そこで、十津川は、横山弥生の原稿を持っていそうな人間たち、古い友人たちに、尾行をつけることにした。

二日間にわたっての尾行が、開始された。

しかし、結局、横山弥生の今回の原稿は見つからなかった。彼女の友人たちの中で、原稿を持っていると、申し出てくる者は一人もいなかったのである。

十津川は考えた。いったい、どうすれば、今回の、事件解決の糸口が、見つかるのだろうか？

そこで、十津川が目標にしたのは、吾妻線ファンクラブのことだった。

八ッ場ダムの、建設によって、吾妻線は、路線を変えられ、駅舎を今までとは別のところに、移動させられるのではないか。それに、抗議する吾妻線ファンクラブが、十年以上前に、結成された。その中には、横山弥生も、いた。

吾妻線ファンクラブは、続いているが、横山弥生たちが、行なっていたような、八ッ場ダムの建設から、吾妻線を守るといった強い主張は、その後のファンクラブには、感じられなかった。おそらく、ダム建設が、中止になった時点で、ファンクラブは、安心して要求を取り下げてしまったのだろう。

吾妻線の路線は、ダムの建設がなければ、元通りの場所にあって、駅の場所も動かす必要はない。

ところが、急に、ダムの建設が、再開されることになった。ダムが建設されれば、当然、吾妻線の、路線も曲げられ、新しい駅が出来てしまうに違いない。

そこで、吾妻線ファンクラブは、また昔のように、吾妻線を守るという空気が、強くなってきたのではないか。

十津川は、亀井と吾妻線の終点、大前駅にあるという、現在の吾妻線ファンクラブに行き、警察が必要とする資料が残っていれば、それを見せてもらうつもりだった。

5

十津川は亀井と大前駅に降りた。

十津川は、この、大前駅に来るたびに、不思議な気持ちになる。どの鉄道も終点は同時に、始発駅である。だから、たいていの鉄道は、その駅舎は大きくて、駅前には、商店街が広がっているはずである。

しかし、この大前駅には何もない。そもそも、終着駅だというのに、無人駅なのである。

その上、多くの列車は、一つ手前の万座・鹿沢口駅で引き返して、大前駅まで来ないのだ。

ただ、終点の、大前駅周辺には、何もないかといえば、そんなことはない。まず、駅のそばに、立派な民宿が建っている。それから、嬬恋村の村役場も、この大前駅から、近いところにあるのだ。

今の吾妻線のファンクラブも、この大前駅の近くにあることが、分かった。

大前駅から歩いて、十二、三分の、川に沿って建てられた、五階建てマンションの一室が、吾妻線ファンクラブの事務局だった。

十津川と亀井は、その部屋で、現在の吾妻線ファンクラブの、責任者をやっている蛭田《ひるた》健吉《けんきち》という、二十五歳の青年に会った。その部屋には、吾妻線のジオラマがあった。

「吾妻線ファンクラブは、かなり昔からある組織で、今も定期的に、会報を出していると聞いたのですが」

と、十津川が、いうと、蛭田は、

「以前にくらべて、会員の数が減ったので、資金的には苦しいですが、毎月、会報を出しています。先輩が作った、ファンクラブを、僕たちが、なくしてしまうわけにはいきませんからね」

「その先輩の中には、横山弥生もいるわけですね?」

そばから、亀井が、きいた。

「もちろん、そうです」

「今でも、その頃の、古い会報は残っていますか?」

十津川が、きいた。

「ええ。部数はわずかですが、きちんと、製本して保存してあります。先輩たちが、本当に、吾妻線が好きで、ファンクラブを、結成したわけですから、先輩たちの作った会報を、なくすわけにはいきません」

「十年前頃の、古い会報を、見せてもらえませんか?」

「いいですよ」

蛭田は、同じ事務室で働いている女性に、十年前頃の古い会報を、持ってくるように、いった。

たちまち、五十冊近い、古い会報が、机の上に積まれた。

「これは、貴重な会報です。紛失すると、二度と、作ることができませんから、申しわけありませんが、ここで読んでいただきたい」

と、蛭田が、いった。

十津川も、そのつもりで、部屋の隅の机を借り、そこで、会報を二つに分けて、目を通していくことにした。

分厚《ぶあつ》い会報もあれば、わずか数ページという薄い、会報もあった。特に、八ッ場ダムの建設計画が、発表された後の会報は、文章も熱っぽく、何としてでも、自分たちの愛している吾妻線を、守り抜こうという姿勢が感じられる。

やはり、八ッ場ダムの建設に絡んで、具体的に、どこで、吾妻川が堰き止められ、どの辺りまで、ダムの底に沈んでしまうかを斜線で示した地図の掲載された号もある。

中には、二十歳の頃の横山弥生が書いた原稿も載っていた。

十津川と亀井は、その記事に目を通した。それは「吾妻線のファンのお願い」という文章だった。

「今日、八ッ場ダムの建設計画の全容が、明らかにされた。吾妻線ファンの、私にとっては、この八ッ場ダムが、国内最大の規模を誇るダムであり、四千六百億円もの、経費が投じられることなど、本当は、どうでもいいことなのである。

私が気になっているのは、吾妻線のことだ。

私は、中学高校の六年間、毎日、川原湯温泉駅から、吾妻線に乗って、高崎まで通っていたのである。

列車は、美しい、吾妻渓谷に沿って走っている。通学の列車の中で、毎日、その渓谷の美しさに、見とれて、満足していた。

今回の、八ッ場ダムは、その吾妻渓谷の流れを堰き止めて、ダムを、造るという。つまり、あの美しい吾妻渓谷が、ダムの底に、沈んでしまうのである。

そうなれば、吾妻渓谷に沿って、走っている吾妻線だって、吾妻渓谷が、ダムの底に沈めば、いっしょに、ダムの底に、沈んでしまうことになるだろう。

私が毎日、吾妻線に乗る川原湯温泉駅の場所だって、ダムの底に、沈んでしまう筈である。

私が毎日、友だちと一緒に、そのホームで、電車を待っていた、川原湯温泉駅の建物だって、どこかに、動かされてしまうだろう。

私たちが愛した吾妻線は、いったい、どうなってしまうのだろうか？

ダム建設によって、変更される吾妻線の簡単な路線図を、見たことがあるが、はっきりとした新しい路線図は、まだ出来ていない。しかし、私には、はっきりと、分かっていることがある。

それは、今までのように、吾妻渓谷の美しさを、車窓に眺めながら、吾妻線の列車で、高崎まで、通学することは、できないということなのだ。

ここに、国内最大のダムが出来たら、どうなるのか？　満々と、水をたたえた巨大なダム湖が誕生し、吾妻線は、そのダム湖の縁《ふち》を、遠慮がちに、走ることになるだろう。小さくて、古めかしい、川原湯温泉の駅は、ダムが出来ても存在する。そんな嬉《うれ》しい話を聞いたが、私は、信用していない。

なぜなら、新しい、吾妻線の路線が、巨大なダムの縁まで、曲げられてしまえば、あの木造の、可愛らしい川原湯温泉駅だって、当然、ダムの中に沈んでしまうに違いないからである。

別の場所に造られる、新しい駅は、たぶん、鉄筋コンクリートの、いかにも、近代的な駅になるはずだ。

しかし、私には、あの、木造の小さな駅のほうが、ぴったりくるのだ。だから、私たち吾妻線ファンクラブは、役所とＪＲ東日本の高崎支社に、吾妻線の現状での存続、すなわち、吾妻線の路線を、ひん曲げたりしないこと、駅も現在のままで残し、鉄とコンクリートの塊《かたまり》のような駅舎には絶対にしないことを訴え、要望書を渡して帰ってきた。

役所もJRも、私たちに向かって、はっきりと、いった。

『吾妻線は、絶対になくなりませんよ。今よりも、もっと立派な駅舎になり、近代的な鉄橋やトンネル、そして、線路が出来て、むしろ今よりももっと、スムーズに、動くようになりますよ』

しかし、私たちは、そんなことを、要望しているのではない。今のままの、吾妻線が好きなのだ。今のままの駅舎で、満足なのだ。巨大なダム湖の縁を、遠慮がちに走るような、そんな吾妻線では、困るのだ。

役所の人間も、JRの人間も、どうして、そのことを、分かってくれようとはしないのだろうか？　そのことが、私を、悲しい気持ちにさせるのだ」

横山弥生の書いた文章は、もう一本あった。

こちらのほうは、同じファンクラブ会員の女性アマチュアカメラマンと一緒に、吾妻線の現在を、残そうとして、写真を撮って歩いた時の体験記である。だから、こちらの文章には吾妻線の写真が、何枚も、紹介されていた。

「今日は、同じ吾妻線ファンクラブの会員で、プロのカメラマンを目指している立花《たちばな》翔子《しようこ》と一緒に、吾妻線の写真と、吾妻線沿線の写真の二つを、撮り歩くことにした。

今は、まさに、紅葉の季節である。だから、私たちも、終点の大前駅から、渋川まで往復して、沿線の、紅葉の美しさと、その景色の中を走る、私たちの吾妻線を、撮りまくるつもりである。

まず、終点の駅としては珍しい、大前という無人駅を出発する。

次は、万座・鹿沢口駅である。吾妻線のことを、よく知らない人たちは、この駅が終点だと思ってしまうらしい。ここから引き返す列車も多いからだ。

そして、長野原草津口駅。ここからは、草津行のバスが、出ている。

私も二、三度、父に連れられて、この駅で降りて、バスで、草津温泉に行ったことがある。通りを隔《へだ》てて、反対側には、観光客目当ての土産物店や、食堂、民宿などが、ずらりと、並んでいたものである。

それが、ダム建設の勢いに驚いて、早々と、ほとんどの店や家が、高台に、引っ越してしまって、一軒も、残っていない。

もし、ダムの建設が、中止になり、吾妻線の線路が、別のところに移ったり、駅がダムの底に、沈むことがなくなったら、もう一度、この草津口に、戻ってきてほしいものである。

吾妻渓谷と、吾妻川は、今、紅葉の盛りである。

この美しい景色が、消えてしまうことなど、私には、想像が、できないのだが、それが現実のものになるような、コンクリートの柱が何本か、すでに、造られて、天に向かって、伸びている。

将来、あの高さのところに橋が架かり、道路が出来て、吾妻線のほうも、それと同じように、線路が、地面を離れて、高いところに、浮かんでしまうのだろうか?

そんな悲しいことを、考えたくもない。

吾妻線は、春は、満開のサクラの花の中を、五月には、緑の中を、今の時期は、紅葉の中を、走るべきなのだ。決して、ダムの縁を、走るべきではない。

私は、吾妻線を見るたびに、そう、願ってしまう。

奇跡は、起きないのだろうか?」

「横山弥生さんの文章には、ダムに絡む利権の話は、全く出てきませんね」

と、十津川は、蛭田に、きいた。

「横山さんという人は、そういう話は、嫌いだったようですよ」

「この頃は、利権の話など、まだ、無かったこともあるんですかね?」

「いや、そんなことはありませんよ。その頃だって、利権の話は、沢山《たくさん》あって、会員の中には、会報にそんな話ばかり書いている者もいましたよ。ただ証拠がないので、何の力にもなりませんでしたがね」

と、いって蛭田は、笑った。

十津川は、そのページをコピーして帰って読み上げ、三上本部長に、聞いてもらった。

十津川は、三上の反応が、知りたかったのだが、無粋《ぶすい》な、三上本部長は、十津川が読み終わっても、難しい顔のままで、何もいわなかった。

「やたらに、感傷的な文章だな。しかし、ダム建設の計画が、中止から、再開に変わったんだ。ダムが完成すれば、感傷的な文章など、ものの見事に、消し飛んでしまうだろう。それが、私の感想だ」

と、三上が、いった。

「この二つの文章で、何か、感じることはありませんか?」

十津川がきいた。

「だから、今もいったじゃないか？　いかにも感傷的な記事というかルポで、まあ、女性的といえば、女性的なんだろうね」

と、三上が、いう。

仕方がないので、十津川は、自分の感想を、三上に、聞いてもらうことにした。

「この横山弥生の二つの文章が、書かれた頃は、建設の中止が、発表になる前で、ダム建設に対する活気が、もっともあった頃だと思うのです。ダム建設をめぐって、おそらく、さまざまな利権が、動いていたでしょうし、ダム建設の賛成、反対の声が、渦巻《うずま》いていた頃でもあります。その頃に書かれたのが、この二つの横山弥生の文章なんですが、今、三上本部長が、いわれたように、いかにも、感傷的な文章になっています。そう感じるのは、ダム建設に絡む利権とか、続発する、集落での事件などが、書かれていないからだろうと、考えます。横山弥生自身は、補償金の絡んだトラブルで、故郷を出なければいけなかったのに、です。ところで、ダム建設が、再開された後、横山弥生は、H出版から、頼まれて、八ッ場ダムの建設に絡んで吾妻線のことを原稿にまとめ、それを、本にすることになっていました。その本が、出版される前に、横山弥生は、何者かに、殺されてしまいました。私たちは、横山弥生の、その本には、ダム建設に絡んでの、利権や、ダムの底に沈む村や温泉旅館のことが書かれているので、ダム建設で利権を得た人たちが、横山弥生の本が、出版されるのを嫌って、出版される前に、彼女を、殺してしまったに違いないと考えていました。しかし、今読んだ、横山弥生の書いた二本の文章は、どこにも、ダム建設に絡む利権問題とか、沈みゆく温泉地を社会派的な目で見て、書いたところは、一カ所も、ありません。そうなると、出版されることになっていた、横山弥生の本の中には、消えていく、吾妻渓谷の美しさや、自分たちが愛している吾妻線の列車とか、あるいは、吾妻線沿線のことなどが、克明《こくめい》に書いてあるのだろうと想像されますが、H出版が、期待していたような、ダム建設に絡んだ、ドロドロした利権争いの話とか、ダム建設の裏の話などは、全く、書かれていなかったのではないか。横山弥生が以前に書いたこの二つの文章から、容易に、推測されるのです。つまり、H出版の希望するような原稿では、なかったということに、なってきます。それなのに、どうして、横山弥生は、殺されてしまったのか。その点が、今回の捜査を、進めるための重大なカギを握っていると、私は、考えています」

6

その後、十津川と、三上本部長、そして、刑事たちの間で、どうして、横山弥生が殺されることになったのかという議論になったが、いっこうに、これはという推理は、生まれてこなかった。

横山弥生が、殺されたのは、彼女が頼まれて書いた原稿の中に、ダム建設の裏の面、例えば、利権の横行《おうこう》とか、あるいは、ダム建設に賛成・反対の意見があり、そのことでダムの底に沈む集落の中でも、争いがあったという、ドロドロしたことが書かれていたので、本の出版を、嫌がる人間が、横山弥生を、殺したに違いないと考えた。

しかし、かつて、横山弥生が、書いた文章の中には、ダム建設の裏面を書いたところは、一カ所もなかった。

そうなると、横山弥生が殺された理由が、分からなくなってしまう。

最後に、十津川が、口を開いた。

「一つだけですが、ある条件が、つけば、横山弥生が、殺された理由が、はっきりしてくるのです」

「それは、どういうことかね?」

と、三上が、いった。

「ある条件をつければ、横山弥生が殺された理由が説明できます」

十津川は、いい、さらに、言葉を続けて、

「横山弥生が本にするために書いた原稿には、十中八九、ダム建設の裏面といったような、ドロドロとした話は、何も、書かれていなかったろうと、思われます。おそらく、吾妻線の素晴らしさ、沿線の、自然の美しさについて書かれた原稿だったろうと、考えられるのです。それでは、彼女が殺された理由が、分からなくなります」

「それはそうだ。そんな原稿で、彼女が、殺されたとは、到底《とうてい》、考えられないからね」

「そこで、一つの条件をつけました。それは、横山弥生の書いた原稿の中に、別の人間が、ダム建設の裏面、つまり利権とか、反対・賛成の動きとかの問題を挿入《そうにゅう》して、本にしようとしていたのではないかと、いうことです。ですから、原稿を依頼した時点では、横山弥生には、危険なことは何も、ありませんでした。しかし、誰かが、ダム建設の暗い面を、横山弥生の原稿に、挿入していったのですよ。そして、横山弥生著として本が出来上がります。ダムの利権を告発する本です。そのことに気づいた犯人が、本が出版される前に止めようとして、横山弥生を、殺してしまったのです。しかし、肝心の原稿は、影の作者が、持っています。そこで、犯人は、その作者も、殺しました。つまり、横山弥生に原稿を頼んだH出版の社長、出版部長、そして、原稿を担当する編集者、この三人が、殺されてしまったのです」

第七章　私の吾妻《あがつま》線

1

十津川は冷静に、今回の事件を考え直してみることにした。

その際、十津川が、特に重視したのは、八ッ場ダムの建設に対して、二〇〇九年にいったん中止の決定が、下されたという事実である。そして、二年以上経って、建設工事は、突然再開されることになった。

そこには、明らかに、二年あまりの空白の時間がある筈である。

事件の捜査に当たっていた十津川も、その空白の溝《みぞ》のことを知らなかったわけではない。しかし、捜査に当たっていると、つい、連続しているように考えてしまっていたのだ。捜査の失敗は、そこにあった。

そこで、今回、十津川は、その、二年あまりの中止期間を重くとらえることにした。八ッ場ダムの建設中止が、決定した時、ほとんどの関係者は、これでもう、八ッ場ダム建設の再開はあり得ないだろうと考えたという。

なぜなら、中止を決定したのは、当時、政権を担当していた、民主党だが、その中止の理由について、八ッ場ダムは必要がなくなったとしたのである。このダムは、最初、治水を考え、その目的が変更になると、大都市への水の供給のためとなり、さらにそれも必要がなくなると、最後には発電のためのダムとされたのである。

世間は、治水ならば、ダムを造るよりも、吾妻川の整備をしたほうが、有効であるという話になった。結局、八ッ場ダムは、建設の必要なしということに、なったのである。これでは、誰が見ても、建設の再開など考えにくい。その時点で、今回の事件の関係者は、いったい、何を考えていたのだろうかと、十津川は、考えてみたのである。

横山弥生は、隣りの長野県に行き、そこの飲み屋で、働いていた。

原田清之と妻の敏江は、静岡市の、清水区内でコンビニを、経営していた。

磯村圭吾は、一人前の、弁護士資格を得て、新進《しんしん》の弁護士として、活躍しようとしていた。

八ッ場ダムの建設用地の買収に当たったり、建設業者をまとめたりしていた大河内昭は、それなりの利権を、手にしていたに違いない。

その大河内昭も、今後、ここには、今までのような意味はないと、考えたに違いない。八ッ場ダムが、建設中止になったからである。

建設中止の二年あまりの後、再び、八ッ場ダムの建設が、再開されたのだが、この時点で、横山弥生は、まだ、吾妻線の思い出を書こうとは、していない。

原田夫妻は、清水区内で、着実に、コンビニの経営を続けていた。

磯村弁護士は、三十八歳になっており、一人前の弁護士として活躍していた。

八ッ場ダムの建設が、二〇一一年に再開されることになって、大河内昭と八義建設連合は、どう動いたのか？　その後、八十七億円の新たな予算が決まったが、いっこうに、ダム本体の建設は進んでいないのである。

これでは、ダムの建設再開が、決まっても、大河内にしても八義建設連合にしても、面白い対象ではなくなっていたということである。

そこで、この頃の、大河内昭の動きを調べてみると、原発と、東北の復興事業のほうに、眼を向けているのである。八ッ場ダムのほうは、建設再開が、本格化するのは一年後と、誰もが、見ていたからである。

他の人間についても、考えてみよう。

まず、横山弥生である。八ッ場ダムの建設中止が、決まった時点では、吾妻線の思い出を、書くことはなかった筈である。なぜなら、ダムの建設が、中止になってしまえば、吾妻線の路線が変えられたり、駅が、移転したり鉄橋が新しく造られることはなくなるからである。

もちろん、吾妻線の線路が、ダムの底に沈むことも、なくなった。したがって、この時点で、横山弥生が、どこかの出版社に、頼まれて、吾妻線の思い出を、書くことは、まず、あり得ない。

それよりも、彼女は、長野から故郷の吾妻線の見える土地に戻ろうと、考えていたのではないだろうか？

また、この時点で、原田清之と妻の敏江、そして、磯村弁護士が、誰かに、殺されることは、まず考えられなかっただろう。

なぜなら、全ての利権は、八ッ場ダムが莫大な資金を投じて、建設されることで生まれるからである。

ダムの建設が、消えたので、それまで、ダム工事の利権を、手にしようと動いていた大河内昭も、八ッ場ダムから、原発問題、特に、原発事故で生じた、廃棄物の最終処理場の確保へと、活動を、シフトしていた。原発の今後は、これが、いちばん大きな問題なので、その廃棄物の、最終処理場の選定に絡むことで、利権を手に出来ると、考えて、大河内は、そちらのほうに、目をやっていたと思われるからである。

したがって、原田清之夫妻が、ダム建設に絡んで、小さな利権を、手に入れていたことなど、この時点では、誰も、問題にしなくなっただろうし、弁護士の磯村圭吾にしても、自身は東京に出ていき、都会で弁護士になって、仕事を、始めていたのだと思われる。

八ッ場ダムの建設中止が、決定した時点では、横山弥生、原田清之と妻の敏江、そして、磯村弁護士の、四人が殺される理由は、何一つ、存在していなかったのである。

特に、八ッ場ダム建設の、利権に絡んで、この四人が殺される理由は、消えてしまっていたと、考えざるを、得ないのである。

2

ところが、突然、政治家の都合で、八ッ場ダムの建設が、再開されることになった。

この後、連続して、殺人事件が起きてしまうのだが、その一人一人について、十津川は、その時点のダムの現状を考えながらもう一度、検討し直してみることにした。

まず、横山弥生である。

この時点で、彼女が、吾妻線の思い出を、書く理由が、出来たことになる。図面で見る限り、吾妻線の一部が、ダムの底に沈むことが、はっきりしたからである。

吾妻線のファンにしてみれば、ヘタをすると、ダムが建設された時には、今までの吾妻線がなくなってしまうことになる。

だから、ファンクラブの会員の一人だった横山弥生が、H出版に、頼まれて、吾妻線の思い出について原稿を書いていることは十分に納得できるのである。

ほかの原田清之と磯村弁護士は、どうだろうか？

原田清之は、ダム建設に絡んで、小さな利権にありつき、その金で、静岡市の清水区に、コンビニを、オープンさせた。したがって、彼が、村長代理をやっていた、集落の人々から恨まれていたかもしれない。

しかし、その集落は、現在、高台に移転し、今は、ダムが完成した時に、どう生きるのか、村中で考えているという。小金《こがね》を手に入れて、他県に逃げた小悪党《こあくとう》を追いかけたりするヒマはないだろう。

磯村弁護士は、ゆくゆくは、亡くなった吉田老人の遺志を継《つ》いで、ダム建設で、不利益を被《こうむ》った人たちの、弁護を引き受けようと、覚悟を決めていただろうことは、十分に、推測できる。

しかし、磯村が、吉田老人と仕事をしていた川原湯温泉では、旅館は、ほとんど引っ越すか、廃業してしまい、弁護士の磯村を、もう必要とはしていないのである。

しかも、ダム建設の再開が、決まった後、今に至るも、ダム本体の建設は、本格的には始まっていないのである。

小さな工事は、行なわれているが、それに絡んで、大きな利権が、動いたという話も聞いていない。

さしあたって、八十七億円という追加予算が決まったが、それを使っての大掛かりなダム本体の建設は、今になっても再開していない。

この状況で大河内昭が、利権を求めて、再び、動き回っているという噂は聞こえてこない。現在のような状況では、大河内昭にしてみれば、八ッ場ダムは、それほど、旨《うま》みのある事業ではなくなっているのだろう。

(しかし)

と、十津川は、思う。

それにも、かかわらず、ダム工事の再開が決まった後に、横山弥生、原田清之夫妻、そして、磯村弁護士の四人が、相次いで、何者かに殺されているのである。

八ッ場ダムの建設再開に絡んでの事件としか、考えられない。

今まで、この、連続殺人事件について、十津川は、動機は、はっきりしていると、思い込んでいた。しかも、犯人は、大河内昭と、八義建設連合と決めつけた。

しかし、冷静に事件を考え直していくと、第一の容疑者と考えた大河内昭の動機が、どうしても希薄《きはく》に見えてしまうのである。

八ッ場ダムは、今から、六十年も前に計画されている。建設中止が、決まるまでの間、建設予算四千六百億円を狙って、大河内昭と、彼の作った八義建設連合が、利権を求めて動き回っていたことは、間違いない。

ところが、いったんダム建設が中止されると、大河内昭と、八義建設連合の、身を引く早さには、十津川は驚いた。

旨みの消えた、八ッ場ダムから手を引き、大河内昭は、原発の廃棄物処理場の問題に手を染めていった。

今に至るも、日本の場合は、原発の生み出す廃棄物の最終処理場が、決まっていない。最終処理場がないことが、原発の推進と関連して、いちばんの弱点になっているのである。それに一基の原発廃棄物を処理するのに一千億円は必要だという。こちらのほうが、動く金ははるかに大きい。

大河内昭の事務所は、千代田区平河町のＡＫビルの中にある。

雑居ビルの一階である。そこに経営コンサルタントの事務所を構えていた。

そこで、十津川は、そのビルの清掃を請け負っている会社に協力を依頼して、とにかく、大河内の事務所にある、事業に関係する資料写真を、複写してくれれば、写真一枚について、相当の礼をすると約束して、その写真集めに、時間を費やした。

写真が、十津川のところに、届けられてきた。二百枚近い数である。

建設再開が、決まってから、二年あまりが、経っているのに、十津川のところに集まった写真の四分の三は、原発関係のもので、八ッ場ダムの写真は、四分の一にしかすぎなかった。

つまり、大河内昭の頭の中では、八ッ場ダムの比重は、それだけしかないということなのだ。

「この写真を複写してきた人間に、聞いたんですが」

と、西本刑事が、十津川に、いった。

「大河内昭も、そこで働く事務所の人間たちも、八ッ場ダムの建設が、動き出すのは、来年からと、見ているようで、事務所の人間が、今、八ッ場ダムに行っている様子は、全くないそうです」

「その間、大河内昭と、事務所の人間は、何をしているんだ？　大河原は、最近、ダム工事の現場近くへ行った筈だ」

「もっぱら、原発問題に、首を、突っ込んでいますよ。何とかして、廃棄物の最終処理場の土地を、日本のどこかに、見つけて、その土地を買い占《し》める。それが出来れば、日本政府は、いくらでも金を出すと見ていますよ」

と、西本が、いった。

3

こうした大河内昭の事務所の動きを見ていると、とても、横山弥生や原田清之夫妻、そして、磯村弁護士を殺したとは考えにくい。

さらに、横山弥生に「思い出の吾妻線」という原稿を書かせた、H出版の社長たちを、ビルに放火して、殺したこともだんだん考えにくくなってくる。

「参ったね」

十津川は、つぶやいた。

大河内昭たちが、犯人ではないとすると、犯人らしい人間は、どこにも、いなくなってしまう。これも困るのだ。

「大河内昭は、八ッ場ダムの建設に絡んで、八義建設連合というトンネル会社を、作っていたが、この会社は、今、動いているのか？」

と、十津川が、きいた。

「名前は残っていますが、ほとんど、活動をしていないようです」

日下が答える。

「その八義建設連合の、社員の名前を知りたいな。何とか、調べられないか？」

「八義建設連合は、間違いなく、大河内が作った会社ですが、関係があると思われるのが、イヤなのか、独立した法人として、登記《とうき》されています。それでも、社員の名前は、なんとか分かると思います」

「私は、その社員の中から、落ちこぼれた人間がいれば、その名前を知りたいのだ。大将の、大河内昭に反旗《はんき》を翻《ひるがえ》した人間の名前だよ」

と、十津川が、いった。

4

八ッ場ダムは、日本国内では最大のダムだから、多くの建設会社や建設組合などが入り込んでいる。その中に、八義建設連合もあるのだから、名簿を写してくるのは、比較的、簡単だった。

三田村と、北条早苗の二人の刑事が、担当した。

「八義建設連合の社員ですが、全員で四十七人です。工事請負の、トンネル役だった会社ですが、それくらいは、いるんですね」

と、三田村が、報告した。

「赤穂《あこう》浪士か」

と、亀井が、笑う。

「そうです。大河内が『忠臣蔵《ちゅうしんぐら》』が好きだそうで、八義建設連合の社員たちは、酔っ払うと、われわれは、ダム建設の赤穂浪士だと叫ぶようです」

と、北条早苗刑事が、いった。

「その中から、大河内に反抗して八義建設連合を辞《や》めていった人間がいるか?」

「それも、調べてきました。該当《がいとう》するのは、この三人です」

三田村が、一枚の紙を、十津川に、差し出した。

そこには、三人の名前があった。

川口健一《かわぐちけんいち》
村田悟《むらたさとる》
野々村大輔《ののむらだいすけ》

「この三人の男たちは、どんな性格の、連中なんだ?」

十津川が、きいた。

「いずれも、三十代の若い男たちです。現在ももちろん八義建設連合に、籍を置いている社員たちがいて、その連中に、聞いたんですが、この三人は、気が強く、統制に、したがわないことが、しばしばだったので、ボスの大河内昭も、その扱いに、手を焼いていたそうです。この三人を、何とかしなくてはと、思っていた時に、自分たちのほうから、辞めていったので、大河内昭は、むしろ、喜んでいたといっていました」

三田村が、いった。

「それで、この三人は今、どこで、何をやっているんだ?」

「それも聞きましたが、分からないといわれました」

「三人が、八義建設連合を、辞めた時期は、いつなんだ?」

と、亀井が、聞いた。

「二年ほど前、八ッ場ダムの、建設再開が決まった時に、辞めていったそうです」

「理由は?」

「八ッ場ダムの建設再開が決定した後、八義建設連合の、人間たちは、これでまた、おいしい仕事が、入ってくると大いに喜んだそうです。ところが、ボスの大河内昭は、本格的に、ダム建設が再開されるまでは、動かないほうが、得策だと考えて、今のところは、目立つようなことをするな。大人しくしていろと、いっていたらしいんです。社員の多くは、大河内のいうことを聞いて、静かにしていたそうですが、それが、面白くないといって、この三人の男たちは、サッサと、辞めてしまったという話でした」

「この三人について、何でもいいから、詳しいことを、知りたいね」

と、十津川が、いった。

刑事たちは一斉に、この三人について、調査を、開始した。

しかし、いくら、聞き込みをしても、この三人の、詳しい情報は、集まらない。

そのうち刑事の一人が、大河内昭の事務所を去年辞めたという元秘書がいて、その人間を確保したことで、調査は、スムーズになってきた。その男は、問題の三人について、かなり詳しく知っていたからである。

「三人は、大学こそ、別ですが、卒業した年は、同じで、そのせいか、八義建設連合にいた頃から、三人で、仲良くやっていたようです。三人のうち、川口健一は、大学時代、ボクシングをやっていて、村田悟は、空手を、やっていました。体育会系というわけですが、それに対して、野々村大輔は、スポーツは苦手で、こんなことをよく口にしていたそうです。『体力的には、俺は、三人の中では、いちばん弱い。それは認める。しかし、いちばん頭が切れる。これも間違いない』と。三人は、八義建設連合にいた頃は、四谷の同じ、マンションに住んでいましたが、今は、別の住所のはずです。野々村大輔には、付き合っている女がいて、その名前は、緑川恵子《みどりかわけいこ》、といいます。新宿《しんじゅく》のクラブで働いていましたが、現在は、その店を、辞めてしまっているので、野々村と、同棲しているのかもしれません」

5

もちろん十津川が知りたいのは、三人の男と、連続殺人事件との、関係である。もし、何の関係もないのなら三人を調べても仕方がない。

苦心の末、三人の顔写真を手に入れた後、刑事たちは、殺された、横山弥生、原田清之夫妻、そして、磯村弁護士の周辺を調べ直して、三人が、関係していなかったかどうかを、調べていった。

聞き込みを、繰り返しても、なかなか、成果が上がらない。

そんな時、緑川恵子の線から、調べていた北条早苗刑事が、役に立ちそうな情報を持ってきた。

「これは、以前、緑川恵子と同じ、新宿のクラブで働いていた、ホステスの証言です。五月の下旬に、緑川恵子を、新宿で見かけたので、声を、かけたのだそうです。彼女が一人だったので、久しぶりに、一緒にお茶を飲みながら、三時間もおしゃべりをしたと、いっていました。その時の話を、してくれたんですが、緑川恵子は、その頃も、野々村大輔と付き合っていて、野々村は、うまくやれば、大金が手に入ると、いうようなことを、しきりに、話していたそうです。その野々村は、名前は知らないが、ガラの悪そうな仲間二人と、付き合っていたようです」

「それが、五月の下旬頃なんだな？」

「そうです」

「それから？」

と、十津川が、先を促した。

「その少し前ですが、野々村が、怖い顔をして緑川恵子に向かって、俺は姿を消す、しばらくは、俺を探すなどといって、本当に、しばらく姿を消してしまったことがあったそうです」

「それは五月中旬頃だな」

十津川が、つぶやいた。

五月の十日には横山弥生、五月の十七日には、原田清之夫妻が殺されている。さらにいえば、五月の二十四日に、東京で磯村弁護士が殺されているのである。

「今の君の話だと、野々村大輔は、うまくやれば大金が手に入ると、緑川恵子に自慢していたんだろう？　実際に、野々村大輔が、大金を手にして、緑川恵子に、見せたことがあるんだろうか？」

と、十津川が、きいた。

「これも、緑川恵子の、同僚のホステスから聞いた話ですが、野々村大輔は、ある時、五百万円くらいはある一万円の札束を持ってきて、その半分を、緑川恵子に無造作《むぞうさ》に、渡して、好きに使ってこいと、いったそうです」

「五百万か？」

「そうです」

「小さいな」

「そうなんです。三人とも、大河内に比べれば、はるかに小悪党です。しかし、だから逆にいえば、簡単に人殺しもしたんじゃありませんか」

「それも、五月の話なんだな？」

「正確な日時は、分かりませんが、五月中であることは、間違いないと思います」

と、北条早苗が、いった。

どうやら、川口健一、村田悟、そして、野々村大輔のこの三人が、連続殺人の、犯人らしいのだが、現在、どこにいて、何をしているのかの情報が、なかなか、入ってこない。

捜査会議で三上本部長が、十津川に、ハッパをかけた。

「八ッ場ダムの建設が、本格的になる前に、事件を解決しろ」

と、いうのである。

十津川は、悩んだ末、

「仕方がない。こうなったら、禁じ手を使うか」

と、亀井に、いった。

今回の一連の事件で、いちばんのワルは、大河内昭だと、十津川は、思っている。その大河内の下に、自称四十七士、いや、その中から、三人が抜けたから、正しくは四十四人の、ちょっとしたワルが集まっていたのである。

その最大のワルと、ちょっとしたワルの間に、川口健一たち三人がいるという、構図だと、十津川は、見た。

刑事が、いくら探しても見つからないが、いちばんのワルの、大河内昭と、彼の下にいるちょっとしたワルに頼めば、意外と簡単に、この三人が見つかるかもしれないと、十津川は、思ったのだ。モチはモチ屋である。

十津川は亀井と平河町にある、大河内昭の事務所を、訪ねていった。

大河内昭に会うと、十津川は、最初から、高飛車《たかびしや》に出た。まず、相手に、警察手帳を突きつけて脅した。

「八ッ場ダムの建設が再開されてから、続けて四人もの人間が、殺されている。H出版という出版社の人間も、加えれば、全部で七人だ。あんたは最近、八ッ場ダムの建設現場近くで、目撃されている。誰と会っているかも、われわれは摑んでいるんだ。警察は、あんたが、その七人を、殺したと見ている」

途端に、大河内が、顔を赤くして、

「冗談じゃない」

と、叫んだ。

「私は、八ッ場ダムの建設に関しての仕事をしていたことは認めるが、人を殺したことなんか、一度もない。殺人事件で、警察が、私を捕まえようとしても、私には、ちゃんとしたアリバイがある」

「アリバイなんてものは、この事件では、何の役にも、立たないんだよ。どうにでもなるんだ」

十津川が、いった。

十津川の、その言葉に、大河内は、ギョッとしたらしい。十津川が、そんな、過激なことをいうとは、考えても、いなかったのだろう。

「ちょっと待て。警察は、犯人をでっち上げるのか？」

大河内が抗議する。

「あんたも、あんたの事務所で働いている連中も、日頃の行動から見て、簡単に犯人にできるんだよ」

十津川が、いい、大河内が、黙っていると、

「犯人にされることが、納得できないみたいだな？」

「当たり前だ。俺は、殺してなんかいないんだ」

「それなら、本音でいこうじゃないか？」

「どういうことだ？」

「このまま、捜査が進展しなかったら、われわれは、殺人容疑で、あんたを、連行する。さっきもいったが、殺人の証拠なんて、やろうと思えば、いくらだって作れるんだ。特にあんたの場合はね。起訴して刑務所に送ってやる。だが、あんたが望むなら、考えてもいい」

「どんなふうにだ?」

「こっちが、探している容疑者を見つけ出して連れてくれば、今回の一連の、殺人事件の容疑者の中から、あんたの名前を、削除してやろう。どうだ? あんたにとって、悪い話じゃないだろう?」

大河内は、しばらく、考え込んでいたが、

「警察は、いったい誰を、容疑者と考えているんだ?」

「川口健一、村田悟、野々村大輔、この三人だ。全員、あんたが、よく知っている人間たちのはずだ」

「ああ、よく、知っているさ。三人とも、金のことしか考えず、その上、荒っぽいことをするしか能のない、どうしようもないクズどもだ」

と、大河内が、いった。

「そんな連中なら、逮捕されても、構わないだろう?」

「もちろん、構わないさ」

「それなら、連中が、今どこに、隠れているか調べて、私に連絡しろ。いいか、今週中に、連絡がない場合は、あんたを、殺人容疑で連行するからな。そのことだけ忘れずに、覚えておけ。タイムリミットは、今週中だぞ」

十津川は、最後まで大河内を脅していた。

6

十津川は、今週中と期限を、切ったのだが、早くも二日後の午後には、大河内昭のほうから、捜査本部の十津川に、電話がかかってきた。

「三鷹《みたか》市内だ。三鷹の駅から、バスで十五分ほど行った、バス停のすぐそばに、三鷹レジデンスというマンションがある。その最上階の十階を、あいつら三人で、使っている。野々村の女の緑川恵子が、同じマンションの一階に、住んでいるから、彼女に見つかれば、彼女の連絡で、三人が非常口から逃げてしまう可能性がある。だから、その点だけは、気をつけてくれ」

大河内は、自分の、いいたいことだけ早口でいうと、十津川の返事は、待たずに、電話を、切ってしまった。

十津川は、二十五人の刑事を、動員した。

まず問題のマンションの周辺を、取り囲み、五人が、十階に上っていって、三つの部屋を同時に、襲撃することにした。

万が一の事態を、想定して、十津川は、十階に、上っていく五人に、拳銃の携行を、命じた。

7

十津川は、現場に着くと、管理人に頼んで、ほかの部屋の住人を、避難させた。

一連の事件の犯人は、弁護士の磯村圭吾を、拳銃を使って、射殺しているのである。だから、今も犯人の中に、拳銃を所持している者がいることも、考えておかなければならなかった。

その一方、まず、一階の角《かど》部屋に、住んでいる緑川恵子を、北条早苗刑事に、身柄《みがら》を確保させた。

十階は、エレベーターに、いちばん近い部屋が一〇〇一号室で、そこから一〇〇二号室、一〇〇三号室と続き、それぞれの部屋に、川口健一、村田悟、野々村大輔の三人が住んでいたが、部屋ごとに刑事を配置して、十津川の合図で、一斉《いっせい》に、部屋に突入した。

大きな混乱もなく、三人の男が、逮捕された。

しかし、十津川は、これで、終わったとは、思っていなかった。問題は、むしろ、これから、始まるのだと、覚悟していたのである。

男三人が、連続殺人事件の犯人だと、確信は、しているのだが、これから、それを、証明しなければならない。逮捕した三人が、犯行について、素直に自供するとは、十津川には、とても思えなかった。

十津川がやったことが、二つあった。

第一は、当時、この三人のことを、知る人たち、あるいは、この三人の周辺にいた人たちの証言を、集めることである。

第二は、この三人の住んでいたマンションの、家宅捜査をして、そこにある、全てのもの、紙一枚、筆一本まで、全てを捜査本部に持ってきて、押収《おうしゅう》した品物を、分析することだった。

8

三人は最初、大河内昭が作った、八義建設連合の、四十七人の中に入っていた。何しろ、八ッ場ダムの建設は、日本における最大のダム建設だった。したがって、八義建設連合に、入っていれば、おいしい利権にありつけ、うまい汁が、吸えるだろう。三人は、そう思っていたのだ。

しかし、ある日突然、政府は、八ッ場ダムの建設中止を、決定してしまった。

ボスの大河内昭は、そのとたん八ッ場ダムに対して、興味を失い、原発問題のほうに、方向転換してしまった。つまり、大河内昭は、これ以上、八ッ場ダムに、関係していても、それほど大きな利権は、手にできない。これからの時代、旨みがあるのは、原発問題だと考えて、八ッ場ダムに見切りをつけてしまったのである。

そのうちに、ダム建設再開が決定した。これでまた、大河内昭にくっついていれば、楽しみがある。損はしない。そう考えて、八義建設連合の四十七人は、我慢して、大河内昭にくっついていたのである。

ところが、四十七人の中の三人、川口健一、村田悟、野々村大輔は、自分たちだけでうまくやろうと考えて、八義建設連合を辞めてしまった。

大河内昭のもとを去った三人が、どうやって、儲けようとしたのか？

その答えは、三人が住んでいた三鷹のマンションから押収したパソコンの中に、入っていた。

どうやら、三人には、役割分担があったと見えて、大学時代、ボクシングをやっていた川口健一と、空手の選手だった村田悟の二人は、脅しを引き受け、ケンカには全く、自信のない野々村大輔は、もっぱら頭を使う役目を持っていたらしい。

パソコンが、二台見つかったのも、野々村大輔の部屋からだった。

その二台のパソコンの中には、八ッ場ダムが、建設中止になるまでの間に、八ッ場ダム建設の利権に絡んで、うまく立ち廻り、利益を手に入れた人間の名前と金額、さらに、手に入れた理由が、書き込んであった。

それは、彼ら三人が、調べたことだったが、大河内昭と八義建設連合が調べたことでもあった。

その中に、清水市内でコンビニ店を経営していた、原田が、工事再開が決まってから三百万円を八義建設連合から振り込まれているという書き込みもあった。

三人は、そうした記録を、手に入れ、それをもとにして、相手を、脅かし、ゆすった。

彼らが脅して、金を巻き上げた人間の名前が、ズラリと載っていたが、原田清之と妻の敏江の名前や、磯村弁護士の名前もあった。

原田が磯村と知り合いで、名刺を持っていたとしても、おかしくはなさそうだ。

パソコンの中には、ほかにも、九人の名前と、八ッ場ダムに絡んで、どのくらいの利益を得たかが、記入されていた。

そのうち、殺されたのは、原田夫妻と、磯村弁護士の、三人である。名簿にあった名前の大部分は、三人が脅かすと、あっさりと、金を払ったのだろう。

原田清之夫妻と磯村弁護士は、大人しく、三人に金を払うことをしなかった。そのため、殺されてしまったのではないか？

パソコンの中には、原田と磯村が、八ッ場ダムに絡んで、どう立ちまわって、利権の分け前にあずかったかも書いてあった。

原田清之は、八ッ場ダムの建設予定地の中にあった、集落の村長代理を、やっていた。彼は、村人には、何の断わりもなく勝手に交渉して、自分一人だけが、かなりの利益を上げたことが分かっていた。

磯村弁護士は、若い時には、吉田老人に世話になっていて、ダム建設に、翻弄される人々のために働いていた。

しかし、ある時、吉田老人が殺され、磯村は、五十万円の金を持って姿を消した。

その五十万円で、大学に入り、苦労して、弁護士の資格をとった。その頃から、彼の人生観が、変わってしまったらしい。弁護士の力で、昔、自分が助けた人々から、今度は、金をまきあげるようになったのである。そのため、吉田老人を殺したのも、磯村ではなかったのかと、噂されるようになっていた。結局、その件について、磯村は、何の弁明もせずに、殺されてしまったのである。弁護士事務所での評判とは逆に、磯村の本性は、「悪徳弁護士」ということになるだろう。

もう一人は、横山弥生である。

彼女が、H出版に頼まれて、「思い出の吾妻線」という原稿を書いていたことを、川口たちは知っていた。というより、多くの人たち、特に、吾妻線ファンクラブの連中はほとんど、全員が知っていたように、思える。

なぜなら、八ッ場ダムの建設再開が決まったあとだからである。ダムが完成すれば、どうしても、吾妻線も変わってしまう。したがって、自分たちの愛する吾妻線の思い出を、誰かが書くべきだと、ファンクラブの連中は思っていて、会報に、いい文章を寄せていた、横山弥生が、それを書くことは、全員が賛成したと思われるからである。

十津川は、緑川恵子のメモ帳を点検すると、ところどころに、横山弥生に会う日時のほかになぜか、「説得」の文字があった。

十津川は、北条早苗と一緒に、緑川恵子の訊問《じんもん》をくり返した。

「今、私たちは、横山弥生殺しについて、調べています。このままでいけば、彼女を殺したのは、あなたということになる。何しろ、あなたのメモ帳には、横山弥生と会う約束の文字が見えるからです。その点、川口健一たちは、パソコンの予定表を見ても、横山弥生と会ったという形跡は、どこにも見当たらない。あなただけなんです。だから、どうしても、あなたが、横山弥生を殺したと考えざるを得ないんですよ」

と、北条早苗が、いった。優しくいったので、恵子の気持ちも、やわらかくなったらしい。

「たしかに、私は、横山弥生さんに、会っていました。それは認めますが、野々村さんの指示で会っていただけで、彼女を殺してなんかいません。殺したのは、川口さんと、村田さんです」

と、恵子がいう。

「それなら、きちんとした証拠を出して証明してください。それから、一つ聞いておきたいんですが、あなたの予定表の中に『説得』という言葉が、何回か出てきますね。これは、横山弥生を、説得するという意味でしょう？」

「そうです」

「何のために、彼女を説得したんですか？」

と、早苗が、きいた。

「私が代表して、横山弥生さんに会って、単なる吾妻線の思い出だけを、書いたのでは面白くない。今なら、八ッ場ダムの問題について、悪徳業者たちの行為を、告発するようなそんな言葉を交ぜていけば、絶対にベストセラーになる。だから、そうしたほうがいいと、彼女を、説得したんです。でも、彼女は、今のままでいいといって、いっこうに、こっちのいうことを、聞いてくれないんです。そのうちに、私が、あまりにも、しつこく説得するものだから、彼女は、原稿を書く、スピードを上げて、こちらが想像する以上に早く、原稿を書き上げて、H出版に、渡してしまったんです。川口さんたちは、横山弥生さんが、こっちのいうことを、全く聞こうとしないので、怒っていました。その上、早々と原稿を書き上げて、出版社に渡してしまった。そうなると、利用価値がなくなってしまったと思って、川口さんと、村田さんが、横山弥生さんの口を、塞《ふさ》いでしまったんです。あの人たちは、八ッ場ダムがらみのことで、その後、コンビニ経営者の原田夫妻と磯村弁護士を殺しています。三つの殺しが、水曜日なのは、野々村の仕事の都合でした」

「H出版の社長たちを殺して、火をつけたのも、君たちなんだな？」

十津川が、はじめて口をはさんだ。

「私たちというか、川口さんと村田さんの二人です。あの二人と私が、横山弥生さんを殺した後、H出版に押しかけていきました。八ッ場ダムの建設に絡んで、どんな人間が、利権漁《あさ》りをしていたか、誰が、どれだけ、おいしい思いをしたのか、そうした原稿は、こっちが書くから、それと、横山弥生の原稿を合わせて、一冊の本に、してもらいたいと、川口さんがこっちの代表の形で、H出版の社長と、交渉したんです。こっちの都合のいい本ができれば、その本を使って、もっといろいろな人間を、脅かすことができます。本に書かれた以上のすごい証拠を握っているのですからね。でも、H出版は、いつもは、売れ線を狙って、問題を起こした、芸能人の本を、出しているのに、今回は、社長も、部長も、原稿に手を入れている担当の編集者も、実直に、とにかく、横山弥生さんの気持ちの入った本にしたい。それ以外の、文章は入れたくないといって、こちらのいうことを、聞こうとしないんです。それで、川口さんと村田さんが怒り出して、そこにあった、横山弥生さんの原稿を奪い取り、出版社の三人を叩きのめして、会社に、火をつけたのです。私は、ただ呆気《あっけ》にとられてみていただけで、何もしていません」

と、緑川恵子が、いった。

「今、君が話したことは、全て事実なんだろうね？　信じても、いいんだろうね？」

十津川が、念を押した。

「ええ、今、私の話したことに、ウソはありません。すべて、本当のことです」

「どうして、しゃべる気になったの？　あの三人を、どうして、裏切る気になったの？」

北条早苗刑事が、きいた。

「少しばかり、あの三人が、怖くなってしまって」

と、緑川恵子が、いった。

9

川口健一、村田悟、野々村大輔の三人を殺人容疑で起訴し、緑川恵子も、最初は共犯で起訴しようと思ったが、彼女が、捜査に協力してくれたので、共犯者ではなく、三人に脅かされて、やむを得ず、協力したということで、起訴することになった。

三人は、最後に、十津川に向かって、

「本当のワルは、他にいますよ。どうして、そいつを捕まえないんです？」

と文句をいった。

「分かっている」

「本当に、分かっているんですか?」

「だから、君たちにも、大河内昭のことを聞いているんだ。小さな証拠を根気よく集めて、いつか、大河内を刑務所に送ってやる」

と十津川は、いった。

事件が、何とか解決した後、十津川は、部下の刑事たちを集め、村田の部屋から見つかった、横山弥生の書いた原稿を見せて、

「私は、何とかして、横山弥生の残したこの原稿を、本にしてやりたいと、考えている。しかし、今のところ、これを本にしてくれるという出版社は、見つかっていないし、これから先も、見つかる可能性は、残念ながら、小さいといわざるを、得ない。それで、私は自費出版にしたいと思う。君たちに、自費出版に必要な経費を、分担してもらいたいんだ。私は、これを、千部刷《す》って、今回の事件に、関係のあった人たちに、送ろうと思っている」

「自費出版で出すことに、賛成です」

亀井が、いうと、西本も、

「私も賛成です。ところで、本の題名は、どうするんですか? 今、その原稿には、横山弥生が、つけた『思い出の吾妻線』という平凡な、題名がついていますが、そのままで、

行くんですか？」

「もし、この原稿を書いた横山弥生が今も生きているんなら、この『思い出の吾妻線』というタイトルのままでいいと思う。しかし、作者の横山弥生は、死んでいるんだ。しかも、殺された。だから、もう少し、感情のこもったタイトルにしたほうがいいと考えている」

十津川は、ポケットから、メモ用紙を取り出して、そこに書かれた文字を、刑事たちに見せた。

そこにあったのは、

「哀しみの吾妻線」

である。

「私は、できれば、このタイトルにしたいと思っている」

と、十津川が、いった。

本作品はフィクションであり、実在の個人・団体などとは一切関係がありません。

この作品は、月刊『小説NON』誌（祥伝社刊）に「哀しみの吾妻線」と題し、平成二十五年二月号から八月号まで連載され、同年九月小社ノン・ノベルから刊行されたものです。作品に使われている鉄道ダイヤは当時のものです。

十津川警部　哀しみの吾妻線

一〇〇字書評

切・り・取・り・線

購買動機（新聞、雑誌名を記入するか、あるいは○をつけてください）	
□（　　　　　　　　　）の広告を見て	
□（　　　　　　　　　）の書評を見て	
□ 知人のすすめで	□ タイトルに惹かれて
□ カバーが良かったから	□ 内容が面白そうだから
□ 好きな作家だから	□ 好きな分野の本だから

・最近、最も感銘を受けた作品名をお書き下さい

・あなたのお好きな作家名をお書き下さい

・その他、ご要望がありましたらお書き下さい

住所	〒				
氏名		職業		年齢	
Eメール	※携帯には配信できません	新刊情報等のメール配信を　希望する・しない			

この本の感想を、編集部までお寄せいただけたらありがたく存じます。今後の企画の参考にさせていただきます。Eメールでも結構です。

いただいた「一〇〇字書評」は、新聞・雑誌等に紹介させていただくことがあります。その場合はお礼として特製図書カードを差し上げます。

前ページの原稿用紙に書評をお書きの上、切り取り、左記までお送り下さい。宛先の住所は不要です。

なお、ご記入いただいたお名前、ご住所等は、書評紹介の事前了解、謝礼のお届けのためだけに利用し、そのほかの目的のために利用することはありません。

〒一〇一‐八七〇一
祥伝社文庫編集長 坂口芳和
電話 〇三（三二六五）二〇八〇

祥伝社ホームページの「ブックレビュー」からも、書き込めます。

http://www.shodensha.co.jp/bookreview/

祥伝社文庫

十《と》津《つ》川《がわ》警《けい》部《ぶ》 哀《かな》しみの吾妻線《あがつません》

平成28年9月20日　初版第1刷発行

著　者　西村《にしむら》 京太郎《きようたろう》

発行者　辻　浩明

発行所　祥伝社《しようでんしや》

東京都千代田区神田神保町 3-3
〒101-8701
電話　03（3265）2081（販売部）
電話　03（3265）2080（編集部）
電話　03（3265）3622（業務部）
http://www.shodensha.co.jp/

印刷所　萩原印刷
製本所　関川製本
カバーフォーマットデザイン　芥 陽子

Printed in Japan ©2016, Kyōtarō Nishimura ISBN978-4-396-34241-8 C0193

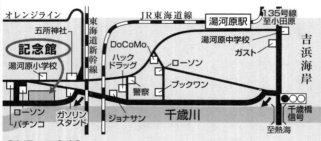

西村京太郎ファンクラブのお知らせ

会員特典（年会費2200円）

◆オリジナル会員証の発行
◆西村京太郎記念館の入場料半額
◆年2回の会報誌の発行（4月・10月発行、情報満載です）
◆抽選・各種イベントへの参加（先生との楽しい企画考案中です）
◆新刊・記念館展示物変更等のハガキでのお知らせ（不定期）
◆他、追加予定!!

入会のご案内

■郵便局に備え付けの郵便振替払込金受領証にて、記入方法を参考にして年会費2200円を振込んで下さい　■受領証は保管して下さい　■会員の登録には振込みから約1ヶ月ほどかかります　■特典等の発送は会員登録完了後になります

［記入方法］ **1枚目**は下記のとおりに口座番号、金額、加入者名を記入し、そして、払込人住所氏名欄に、ご自分の住所・氏名・電話番号を記入して下さい

郵便振替払込金受領証　窓口払込専用

口座番号	金額
00230-8-17343	2200
加入者名：西村京太郎事務局	料金（消費税込み）　特殊取扱

2枚目は払込取扱票の通信欄に下記のように記入して下さい

通信欄
（1）氏名（フリガナ）
（2）郵便番号（7ケタ）※必ず7桁でご記入下さい
（3）住所（フリガナ）※必ず都道府県名からご記入下さい
（4）生年月日（19××年××月××日）
（5）年齢　（6）性別　（7）電話番号

※なお、申し込みは、郵便振替払込金受領証のみとします。
メール・電話での受付は一切致しません。

■お問い合わせ（西村京太郎記念館事務局）
TEL 0465-63-1599

〈祥伝社文庫　今月の新刊〉

東川篤哉
ライオンの棲《す》む街
平塚おんな探偵の事件簿1
美しき猛獣こと名探偵エルザ×地味すぎる助手美伽。格差コンビの掛け合いと本格推理！

渡辺裕之
殲滅《せんめつ》地帯
新・傭兵代理店
リベンジャーズ、窮地！　アフリカ・ナミビアへの北朝鮮の武器密輸工作を壊滅せよ。

西村京太郎
十津川警部　哀しみの吾妻《あがつま》線
水曜日に起きた3つの殺人。同一犯か、偶然か？　十津川警部、上司と対立！

早見和真
ポンチョに夜明けの風はらませて
笑えるのに泣けてくる、アホすぎて愛おしい男子高校生の全力青春ロードノベル！

安東能明
侵食捜査
女子短大生の水死体が語る真実とは。『撃てない警官』の著者が描く迫真の本格警察小説。

草凪　優
俺の美熟女
羞恥と貪欲が交錯する眼差しと、匂い立つ肢体。俺を翻弄し虜にする、〝最後の女〟……。

天野頌子《しょうこ》
警視庁幽霊係の災難
コンビニ強盗に捕まった幽霊係。美少女幽霊、霊能力者が救出に動いた！

広山義慶
女喰い〈新装版〉
これが金と快楽を生む技だ！　この男、最強のエリートにして、最悪のスケコマシ。

喜安幸夫
闇奉行　娘攫《さら》い
美しい娘ばかりが次々と消えた……。娘たちを救うため、「相州屋」忠吾郎が立ち上がる！

佐伯泰英
完本　密命　巻之十五　無刀　父子鷹《おやこだか》
「清之助、その場に直れ！」父は息子に刀を抜く。金杉惣三郎、未だ迷いの中にあり。